Gaspard Mermillod

Du sollst den Sonntag heiligen: Hirtenbrief des Hochw. Herrn Caspar Mermillod, Bischofs von Hebron und Auxiliär-Bischofs von Genf, auf die heilige Fastenzeit 1869

Antigonos

Gaspard Mermillod

Du sollst den Sonntag heiligen: Hirtenbrief des Hochw. Herrn Caspar Mermillod, Bischofs von Hebron und Auxiliär-Bischofs von Genf, auf die heilige Fastenzeit 1869

Unveränderter Nachdruck der Originalausgabe von 1869.

1. Auflage 2024 | ISBN: 978-3-38636-821-6

Antigonos Verlag ist ein Imprint der Outlook Verlagsgesellschaft mbH.

Verlag: Outlook Verlag GmbH, Zeilweg 44, 60439 Frankfurt, Deutschland, info@outlook-verlag.de
Vertretungsberechtigt: E. Roepke, Zeilweg 44, 60439 Frankfurt, Deutschland
Druck: Libri Plureos GmbH, Friedensallee 273, 22763 Hamburg, Deutschland

Katholische Stimmen

aus der
Schweiz.

VIII. Heft.

„Du sollst den Sonntag heiligen".

Hirtenbrief
des
Hochw. Herrn Caspar Mermillod,

Bischofs von Hebron und Auxiliär-Bischofs von Genf,

auf die

heilige Fastenzeit 1869.

Aus dem Französischen
von
Thomas Stocker,

Chorherrn in Luzern.

Zürich, Stuttgart, Würzburg.
1869.
Leo Woerl'sche Verlagshandlung.

Buchdruckerei der Leo Woerl'schen Buchhandlung.

Caspar Mermillod,

durch Gottes und des apostolischen Stuhles Gnade Bischof von Hebron, Auxiliär-Bischof von Genf 2c., entbietet der Hochw. Geistlichkeit und dem gläubigen Volke von Genf Heil und Segen in unserem Herrn Jesus Christus.

Geliebteste Brüder!

Wir hatten gehofft, schon diesmal über das bevorstehende allgemeine Concil, über die Autorität desselben und über die Hoffnungen, die an eine so großartige Versammlung sich knüpfen, uns mit euch zu unterhalten, und waren Willens, mit diesem reichhaltigen und hochwichtigen Gegenstande zugleich noch jene Einladung in Betrachtung zu ziehen, die unser heiliger Vater, der Papst, voll der rührendsten Zärtlichkeit auch an die Protestanten gerichtet hat. Aber ein ganz neuer Sturm, der sich gegen uns erhoben, nöthigt uns, eine solche Arbeit auf eine andere nächste Gelegenheit zu verschieben.

Ach ja! unabläßige Anfeindungen und unversöhnliche Vorurtheile, die sich alle gegen unsern heiligen Glauben erheben, nöthigen uns, euch auf eine Pflicht aufmerksam zu machen, die mit unabweisbarer Dringlichkeit an die Katholiken unserer Zeit und unseres Landes herantritt. Gewiß, viel lieber wäre es uns, unsern getrennten Brüdern eine freundwillige Hand zu bieten, mit ihnen in ernste Erwägung zu ziehen sowohl jene beweinenswerthe Zerklüftung der Ansichten und Meinungen, in welche die Geister, sobald sie sich in Sachen der Religion auf ihre beschränkte Individualität allein stellen, unaufhaltbar gerathen müssen, als auch die tröstlichen Wahrzeichen zu betrachten, die sich uns in England und in Deutschland und bis in unsere nächste Nähe herein kundgeben. Männer, die geistig gebildet sind und mit der Wahrheit es ernst nehmen, wenden ihre volle Aufmerksamkeit zum Voraus der katholischen Kirche zu, und sie schlägt die Wurzeln ihres Daseins nach allen Richtungen um so weiter und um so tiefer ein, je heftiger die Stürme sind, die über sie dahinbrausen. Geister und Herzen, die auf dem religiösen Gebiete nach endlosem Suchen nirgends sich mit Sicherheit ausgefunden, eilen mit freudiger Seele der Kirche zu, um bei ihr über die Zweifel, von denen sie gepeinigt sind, sich Rathes zu erholen, oder ihr den Zoll der Bewunderung dafür darzubringen, daß sie vor den Augen der ganzen Welt bei allem Wandel und Wechsel der Dinge mit so unerschütterlicher Kraft, Ruhe und Zuversicht besteht.

Woher doch diese unläugbare Bewegung, diese Rückkehr zur Kirche in unsern Tagen? Woher doch dieses Erwachen katholischen Bewußtseins, katholischen Gefühles! Gewiß, es rührt auf Seite der Protestanten her von dem fruchtlosen Bemühen, aus sich selber heraus die Wahrheit zu finden, von dem offenbaren Unvermögen, die Wahrheit vollkommen zu erfassen; von dem Ekel, den ihnen die Freigeisterei und der Unglaube, dies Grab aller Vernunft und alles Glaubens mit seinem Modergeruche allmählig verursacht hat; von dem Bedürfnisse, sich an der Quelle einer göttlichen Offenbarung zu erlaben, sich unter den Schutz einer vom Himmel stammenden Lehrautorität zu stellen, unter deren Obhut beide zugleich, Vernunft und Glaube, ihr Recht und ihre Ehre behaupten; mit Einem Worte — es rührt her von dem Bedürfnisse, katholisch zu sein. Doch wir müssen nun zu einem andern Gegenstande übergehen.

Man darf es sich nicht verhehlen, die Verschwörung gegen die Kirche beschränkt sich nicht mehr auf gewisse Theile und Orte, sie wirft ihre Fanggarne überall aus, und überall hin entsendet sie ihre Heerscharen. Um jeglichen Preis will man die ruhmreiche Tochter des Himmels zu Schmach und Verachtung bringen, die edle Braut Christi zu einer Sclavin entwürdigen. Man lästert ihre Glaubenslehren und stellt ihre Anstalten in einem ganz falschen Lichte dar; und könnte erreicht werden, was sie wünschen und hoffen, dann müßte sich die gesammte Wirksamkeit der Kirche auf die Sakristei beschränken, dort dürfte sie noch etwa verstohlen und leise ihre Segnungen vornehmen. Zahlreich sind ihre Feinde, und sind sie auch unter einander selbst uneins, so wird sogleich allem Zwiste Halt geboten, wenn es gilt, mit vereinter Kraft der Kirche entgegenzutreten, jener Kirche, die allein noch mit unbeugsamer Kraft den Glauben an den Einen wahren, lebendigen und persönlichen Gott, an die allerheiligste Dreieinigkeit, an den Gottmenschen und Heiland der Welt aufrecht erhält, und für die Freiheit und Würde des Gewissens in die Schranken tritt.

Und wer sind denn ihre Feinde? Wir haben sie euch schon zu mehreren Malen gekennzeichnet. Zu den Feinden der Kirche, die der Ketzerei ergeben sind, gesellen sich die Vernunftgläubigen, die Freidenker, die keine andere, als eine im Gedanken und Gefühl verborgene Gottesverehrung wollen, ihnen ist jede höhere, übernatürliche Offenbarung, jeder äußere und öffentliche Gottesdienst ein Gräuel. Diesen schließen sich jene Politiker und Staatsmänner an, welche in der Kirche nichts, als eine anmaßende und feindselige Macht erblicken, die dem Staate und seiner Wirksamkeit überall hemmend in den Weg trete. Zu ihnen gehören auch alle jene Weltmenschen, die voll falscher Begriffe und vom Widerspruchsgeiste gegen die gesammte Lehre der katholischen Kirche besessen sind; daß es eine Nothwendigkeit und Pflicht gebe, der katholischen Kirche sich anzuschließen, ihrem Lehrworte Glauben zu schenken, ihre Rechte zu vertheidigen, ihrer Hierarchie Ehrfurcht zu erweisen, ihre Gebote zu beobachten, davon wollen sie nichts hören.

Die vielbewegte und wirrenvolle Zeit, in der wir leben, stellt an alle Gutgesinnten um so höhere Anforderungen, verlangt von ihnen eine besonders erleuchtete Frömmigkeit und eine ausnehmend fruchtbare Thätigkeit; was diese Zeit ist und was sie uns bringt, muß mit vorurtheilsfreiem Auge betrachtet werden, damit wir uns weder leeren Täuschungen hingeben, noch auch irgendwie uns entmuthigen lassen. Das Christenthum oder die Kirche, denn sie beide sind Eines, ist unvergänglich; nur auf den geheiligten Grundlagen des Evangeliums, sich stützend auf den Eckstein, der da ist Jesus Christus, der Herr und Heiland aller Menschen und Völker, können die Nationen ihr Dasein fristen und zum wahren Glücke gelangen.

Mehr also, als zu irgend einer andern Zeit, tritt heutzutage mitten unter den Ideen und Thatsachen, die Alles in Bewegung ſetzen, und inmitten aller dieſer Meinungsverſchiedenheit und bei all' dieſen ſozialen Umwandlungen — tritt an jeden Katholiken die gebieteriſche und unabweisbare Pflicht heran: Die heilige Kirche Jeſu immer beſſer kennen zu lernen, zu lieben und ihr zu dienen.

Man glaube ja nicht, es ſeien uns die Scheingründe unbekannt, mit denen man uns der Uebertreibung beſchuldigen möchte. Man ſagt uns nämlich: „Euere Religion iſt gar nicht in Gefahr, für euern Glauben und für euere Feſttage bleibt euch volle Freiheit; der Staat zieht ſich nur mit würdevoller Unparteilichkeit auf ſein Gebiet zurück; es iſt nicht ſeine Sache, ſich über euere Glaubensartikel auszuſprechen; er beläßt euch bei euern religiöſen Ueberzeugungen und Uebungen.“ Laſſen wir uns doch nicht von derlei glatten Worten irgendwie bethören. Der Staat kann ſchwerlich neutral bleiben; läßt er unſerem guten Rechte ſeinen Schutz nicht angedeihen, ſo wird er unſerem religiöſen Leben, der Entfaltung, dem geſetzlichen und friedlichen Ausdrucke desſelben Schranken ſetzen; mit oder ohne ſein Wiſſen wird er dem Unglauben Vorſchub leiſten und zwar gerade dadurch, daß er Gott von der Schule und dem öffentlichen Leben ausſchließt. Und was wird weiter geſchehen? Halten wir uns an den Staat und gehen wir ihn um den Schutz an, den er uns laut Verfaſſung und Geſetz ſchuldig wäre, ſo beruft er ſich auf die freie Religionsübung, um ſich ſo aller Verbindlichkeit für uns zu entledigen; machen wir aber von der uns verheißenen Freiheit Gebrauch, wollen wir uns kirchlich organiſiren und unſer religiöſes Gemeindeleben ſich frei entfalten und erweitern laſſen, dann tritt er uns mit ſeinen veralteten und längſt überlebten Geſetzen entgegen; und ſo löſt Tag um Tag ein Widerſpruch den andern ab, denn man will ſich mit der Kirche nicht anders als mit fortwährenden Ausflüchten und Rückhalten einlaſſen, man will mit ihr weder vollſtändig einig gehen, noch auch ihr volle Freiheit wahr und aufrichtig gewähren.

Dieſe widerſpruchsvolle Lage iſt allerdings, wie wir gar wohl wiſſen, oft das Ergebniß delikater und ſchwieriger Verhältniſſe, wie ſolche in einem Freiſtaate und in einem konfeſſionell gemiſchten Lande nicht ſelten vorkommen; das vollkommen richtige Maaß der Gerechtigkeit, auf welches das katholiſche Glaubensbewußtſein und Gewiſſen Anſpruch hat, läßt ſich oft nur schwer bestimmen und einhalten, von Männern zumal, denen nur eine übertragene und vorübergehende Regierungsgewalt zusteht; die bewegliche und leicht wandelbare Volksgunst und viele andere Verhältnisse und Rücksichten vereiteln bisweilen, was zum Zwecke eines friedlichen Zusammenlebens aller Bürger eines Staates mit ernstem Willen unternommen und angestrebt wurde. Niemand weiß wohl besser, als wir, daß aus der Wahlurne des Volkes hervorgegangene Staatsbeamtete der schonenden Rücksicht wegen, die sie Menschen und Zuständen schuldig sind, niemals all' das Gute verwirklichen können, wie sie es sonst sollten, noch auch im Stande sind, all' das Böse zu vollbringen, das sie sonst im Schilde führen. Verhalte es sich aber in alledem, wie immer es wolle, jedenfalls müssen wir es mit evangelischer Freimüthigkeit abermal sagen, daß die Gesellschaftskörper alle, wie im häuslichen so im öffentlichen Leben, der Religion weit mehr bedürfen, als die Religion des Staatsschutzes und menschlicher Hülfe überhaupt bedarf; die Kirche hat von den feindseligen Angriffen, die man auf sie macht, keine Niederlage zu befürchten; seit ihrem Ursprunge an ist der Kampf ihr Lebenselement; eben so wahr bleibt aber jener Ausspruch des heiligen Geistes: „Die Gerechtigkeit erhöhet ein Volk, die Sünde aber stürzt die Völker ins Verderben" (Sprüchw. 19, 34).

Sittlichernste und denkende Männer können sich der Erkenntniß und des Zeugnisses nicht erwehren: wenn die Völker von einem unsäglichen Mißbehagen heimgesucht sind, so kommt das daher, daß sich die Begriffe von Wahrheit und Recht verworren und verloren haben; es kommt daher, daß man Gott aus den gesellschaftlichen Institutionen verbannt hat, und sich dem Wahne hingibt, denselben eine Verfassung und Ordnung, Bestand und Wohlfahrt zu verleihen, dazu bedürfe es keiner andern, als ausschließlich menschlicher Kräfte. Zügellose Begehrlichkeiten und unaufhörliche Kämpfe zeugen von dem furchtbaren Nothstande, der uns selbst dort, wo man sich der glanzvollsten Bildung berühmt, aufs eckelhafteste angrinset. Die Pläne, mit denen man in unserer Zeit umgeht, treten sichtbar zu Tage, man will nicht, daß noch länger eine Stadt Gottes auf dieser Erde sei; das Traumgebilde, dem man nachjagt, ist eine Menschenstadt hinieden, ein Staat vom Menschen allein geschaffen und auch nur zu seinem Vergnügen. Die furchtbaren Folgen dieses Wahnes werden nicht lange auf sich warten lassen!

Von euch, geliebteste Brüder, darf ich sagen, ihr habet diese verderblichen Pläne, von denen sich Machthaber und Völker in die Abgründe alles Unheiles verlocken lassen, erkannt und durchschaut. Treu den frommen Ueberlieferungen euerer Familien und treu dem Glauben euerer Väter habt ihr in Bittschriften muthig Anerkennung verlangt für das, was Gottes und seines Rechtes ist; habt vertheidiget die Heiligkeit und Freiheit unserer christlichen Friedhöfe; und erst vor wenigen Tagen habt ihr mit Einmuth euere Stimme erhoben zur Wahrung des religiös-gesellschaftlichen Charakters, den der Sonntag, dieser Tag des Herrn, haben und behalten soll. Mögen nun die menschlichen Gesetzgeber beschließen und vollziehen, was und wie viel sie wollen, so müßt ihr euch mehr denn je vertraut machen mit den Grundwahrheiten, die euch beweisen, daß der Sonntag ein dem Herrn geheiligter Tag ist und daß er in der Reihenfolge der Tage den ersten, den Ehrenplatz behauptet. Wird ihm auch der gesetzliche Staatsschutz entzogen, so bleibt dieser Tag nichts desto weniger ein heiliger Tag, das heißt in der Sprache der heiligen Schrift (Hebr. 7, 26), ein von allem profanen Gebrauche ausgeschiedener Tag. Die Beschlüsse irdischer Volks- und Rathsversammlungen können den diesem Tage von Gott selbst verliehenen Charakter eben so wenig verwischen, als etwa unter Androhung von Geldstrafen aufgenöthigte Formalitäten im Stande sind, der christlichen Ehe ihren sakramentalen Charakter zu rauben.

Es ist von hoher Wichtigkeit, daß ihr alles Ernstes darauf Bedacht nehmet, euern Glauben zu beleben und ihn gegen alle wandelbaren Deutungen, Vorurtheile und frechen Angriffe derjenigen, die ihn untergraben und zerstören möchten, sicher zu stellen. Die Religion, das christliche Leben, die heilige Glaubensüberzeugung muß jetzt besonders mehr denn je in jedem Einzelnen lebendig werden, damit sie von jedem Einzelnen aus auf Alle, auf die Gesellschaft, ihre heilsame Wirksamkeit verbreiten. Jeder Gläubige sei ein Apostel, ein Verkündiger des Evangeliums durch seinen Glauben und durch seine Werke.

Erwartet nicht, geliebteste Brüder, daß ich mein bischöfliches Wort in die gegenwärtig hochgehende Fluth der Leidenschaften hineinwerfe; fremd den Parteien, die sich auf dem Gebiete der Politik Vorrang und Uebergewicht streitig machen, ist es Eines nur, womit sich unser Geist und Herz beschäftiget — das Reich Gottes und seines Sohnes, unseres Herrn und Heilandes Jesus Christus, und nur Ein Ziel schwebt uns vor Augen — die Rettung der Seelen. Und eben darum, im Blicke auf dieses hohe und heilige Ziel, will ich euch nun einige Gedanken über die Heiligung der Sonntage und Feiertage vortragen und er= klären.

Der Prophet Isaias spricht (24, 4. 5): „Das Land ist „traurig worden, welk und matt, welk der Erdkreis, „matt die Herrlichkeit des Volkes im Lande. Das „Land ist entheiliget von seinen Bewohnern; denn sie „übertraten die Gesetze, änderten das Recht, brachen „den ewigen Bund.“ — In dieses Wort des Propheten ist alles zusammengefaßt, was wir euch über die Heiligung des Sonntags zu sagen haben; die Heiligung des Sonntags ist das Bundesgesetz im vollsten und erhabensten Sinne dieses Wortes.

I. Die Heiligung des Sonntags ist ein Gesetz der Schöpfung.

Die Einsetzung des Sonntags fällt mit der Erschaffung der Welt und des Menschen zusammen. Als Gott den Himmel und die Erde erschaffen und das Weltall auf sein Allmachts= wort wie ein mächtiger Brunnquell aus seinem geheimnißvollen Grundfelsen hervorsprudelte, da ging Gott mit sich selbst zu Rathe und schuf den Menschen nach seinem Bild und Gleichniß; legte in seine Hand den Herrscherstab und übertrug auf ihn die Herrschergewalt über die gesammte materielle Natur. Den sechs ersten folgt der siebente Tag, dem Schaffen die Ruhe, dem Tage des Geschöpfes der Tag des Schöpfers. Der heilige Text sagt (I. Mos. 2, 3): „Gott ruhte am siebenten Tage, und „er segnete den siebenten Tag und heiligte ihn.“ Von da an ist der Lauf der Zeiten festgesetzt und die geheimnißvolle Siebenzahl ist das Maaß, nach welchem sich ihre Kreise be= schreiben. Sechstausend Jahre sind abgeflossen seitdem die Welt ins Dasein getreten; aber noch keine Woche ist gekommen und gegangen, die nicht das Andenken an die Schöpfung gefeiert den Urheber derselben nicht dafür gepriesen hätte. Seit jenen ersten Tagen vereinigen sich der Hochgesang der Nationen und die Preislieder der Völker und die feierliche Ruhe der ganzen Welt zu dem erhabenen Lob= und Dankgebete: „Ja, o Herr, du bist der unbeschränkte Gebieter über alle Dinge, du hast gemacht Alles, was da gemacht ist. Dir, o Schöpfer, gebühret alle Ehre!" —

Was ist nicht Alles während sechzig Jahrhunderten unter den Fußtritten der Völker in Trümmer zerfallen? Dennoch ist es dieser dem Dienste Gottes gewidmete Tag, von dem die Kunde über alle Trümmer längst veralteter und aufgegebener Gesetze und Uebungen hinweg durch alle Zeitalter herab an das Ohr der Menschen dringt; dieser heilige Tag ist und bleibt das festeste Band, das uns an Gott verknüpft. — War auch Adam gefallen, so hob darum der Herr dennoch dieses Gesetz des Friedens und der Ruhe nicht auf. Er verurtheilt den Gefallenen zu fortwährender Mühe und Arbeit (I. Mos. 3, 17. 19): „Ver= „flucht sei die Erde in deinem Werke; mit vieler Arbeit sollst „du essen von ihr alle Tage deines Lebens. Im Schweiße „deines Angesichtes sollst du dein Brod essen, bis du zur Erde „wiederkehrest". — Zu dieser Schriftstelle bemerkt Bossuet: Nach diesem Fluche, den der Herr ausgesprochen, sollte man meinen, könne es für den Menschen hienieden keine Ruhe mehr geben, weder am Tage noch während der Nacht, nicht im Sommer und nicht im Winter, nicht zur Zeit der Aussaat, nicht zu jener der Erndte, nicht bei glühender Sonne und nicht bei eisiger Kälte, immer und immer müsse er unter der Last der Arbeit seufzen . . . . Doch Gott hatte seit jenen Tagen Erbarmen mit dem Menschengeschlechte, er schenkte ihm einen Ruhetag und be= wies ihm dadurch, daß er von Mitleiden gerührt das Gericht, das ihn zu unaufhörlicher Arbeit verfällt hatte, in etwas mil= dern wolle. Und so blieb denn der siebente Tag, einst im Pa= radiese so wonnevoll gefeiert, auch noch den Kindern Adams, daß er sie tröste in diesem Lande der Verbannung und in ihnen die Hoffnung auf eine einstige Heimkehr ins überirdische Para= dies Gottes bewahre.

Dieses Gesetz der Ruhe hat der Allerhöchste durch den Mund seiner Propheten oft verkünden lassen. Moses erzählt es uns, wie Gott selbst dafür sorgte, daß die uranfänglichen Gesetze, die durch Länge der Zeit von den Nationen verunstaltet und vielleicht sogar bei seinem auserwählten Volke während seiner Dienstbarkeit in Aegypten nur zu sehr in Vergessenheit gekommen waren, ihm wieder in Erinnerung gerufen würden; da aber der göttliche Gesetzgeber kein neues Gesetz verkünden, sondern ein uraltes nur erneuern und auffrischen will, so sagt er nicht: Du sollst den Tag des Herrn heilig halten, sondern er spricht (II. Mos. 20, 8): „Gedenke — du sollst dich erinnern —, „daß du den Sabbattag heiligest, denn er ist der Sabbat des Herrn deines Gottes." Und wenn später der nämliche Prophet das Volk ermahnt, die Gesetze, die es empfangen, treu zu beobachten, so sagt er ihm wiederum (V. Mos. 5, 12): „Du sollst den Tag „des Sabbats halten, daß du ihn heiligest, wie der Herr, dein „Gott, dir geboten hat." Und als mit Zunahme der Zeit die Uebertretungen dieses Gebotes sich mehren, so wird dasselbe in eine noch bestimmtere und strengere Form gefaßt, es wird auf steinerne Tafeln geschrieben und lautet (II. Mos. 31, 13): „Sehet zu, daß ihr meinen Sabbat haltet, denn er ist ein Zei= „chen zwischen mir und zwischen euch in euern Geschlechtern, „auf daß ihr wisset, daß ich der Herr bin, der euch heiliget." Und abermal sag' ich es euch: „Haltet meinen Sabbat, denn „er ist heilig; wer ihn entheiliget, der soll des Todes sein."

Doch Gott will nicht nur mit Mitteln der Furcht vom Sinai herab dem Volke Achtung vor seinem Gesetze einflößen; auch durch Verheißungen will er es dazu aufmuntern, und milder werden seine Worte, wenn er ihm durch den Mund des Pro= pheten Isaias (Kap. 56 und 58) verkündet: „Die meine Sab= „bate halten, denen will ich in meinem Hause einen Ort geben „und einen bessern Namen als den von Söhnen und Töchtern, „einen ewigen Namen ihnen geben, der nicht soll untergehen „... Wenn du am Sabbat nicht auf Reisen gehest; wenn du „den Sabbat eine Lust nennest, heilig und herrlich dem Herrn, „und ihn ehrest und an ihm nicht nachwandelst deiner schnöden „Lust: dann wirst du dich freuen des Herrn."

Als der grausame Nikanor die Juden an einem Sabbat mit Heeresmacht überfallen wollte, sprachen diese zu ihm (II. Makkab. 15): „Wie! kannst du wohl so grausam sein, daß du „deine Feinde an einem Tage angreifest, an dem sie sich nicht „vertheidigen dürfen? Habe doch Achtung vor der Heiligkeit „dieses Tages und ehre denjenigen, der Alles sieht. — Wie? —

12

„fragt Nikanor — gibt es denn einen Gott im Himmel, der
„den siebenten Tag zu heiligen gebietet? — Ja, es ist ein all=
„mächtiger Gott im Himmel, und dieser Gott befiehlt, den Sabbat
„heilig zu halten.“ — Als Jerusalem wieder aufgebaut war
und das Volk, welches ohne Zweifel während der babylonischen
Gefangenschaft an manch Sündhaftes sich gewöhnt hatte, den
Sabbat entheiligte, indem es an demselben mit Ausländern
allerhand Schacher trieb, da entbrannte Nehemias in heiligem
Zorne und rief ihm zu (II. Esdr. 13): „Wie! sehet ihr denn
„nicht ein, daß wenn ihr den Sabbat verunehret, ihr euch der
„nämlichen Vergehen schuldig machet, die eure Väter ins Unglück
„geführt haben?“

Wir würden an kein Ende kommen, wollten wir alle die
zweiundfünfzig Stellen der hl. Schrift anführen, die alle darin
übereinstimmen, daß sie uns die Heiligung des Sabbats als
eines der allerwichtigsten Gebote, die Gott den Menschen gegeben,
erscheinen lassen. Nur Ein Beispiel wollen wir noch anführen.
Als die Israeliten sich noch in der Wüste befanden, wurde man
eines armen Mannes gewahr, der einige Stücklein Holz zusam=
menlas am Sabbate, an diesem heiligen Tage, an welchem nicht
einmal das Manna zur Nahrung eingesammelt werden durfte.
Sogleich wird er ergriffen, und man führt ihn vor den Richter=
stuhl des Moses; dieser befragt darüber den Herrn und erhält
die Antwort, der Schänder des Sabbats solle des Todes sterben.
Er wird vor das Lager hinausgeführt und gesteiniget. Eine
allerdings harte Strafe; dennoch ist es nur unserer Unwissenheit
zuzuschreiben, wenn wir diese Züchtigung für schwerer halten,
als die Verschuldung. Wir, nur an die leichte Bürde, die uns
das Gesetz der Gnade auflegt, und an jene bewunderungs=
würdige Milde gewöhnt, die über alle unsere menschenfreundlichen
Institutionen das Scepter führt, wir können uns kaum mehr
eine Vorstellung machen von jener außerordentlichen Strenge, der
es zur Führung eines Volkes bedurfte, das mit unbegreiflichem
Leichtsinne die Altäre des Herrn verließ, um einem goldenen
Kalbe zu opfern.

II. Die Heiligung des Sonntags ist ein Gesetz der Erlösung.

Dieses Gesetz, das nach Gottes Absicht ein Gesetz des Friedens und der Freiheit hätte bleiben sollen, wandelte sich in Folge einer pharisäischen, maßlos strengen Auslegung in ein Gesetz sklavischer Furcht, bis Jesus, unser Herr und Heiland, auftrat und die Welt belehrte (Mark. 2, 27), der Sabbat sei um des Menschen willen gemacht, nicht der Mensch um des Sabbats willen. Er war nicht gekommen, das Gesetz aufzuheben, sondern es zu erfüllen und zu vervollkommnen (Matth. 5, 17). Die Kirche, vom Herrn des Sabbats selbst mit seiner gesetzgebenden Gewalt betraut, hat in der Folge die Heilighaltung des siebenten auf den ersten Wochentag übertragen; an die Stelle des von den Juden gefeierten Samstags trat der Sonntag zur fortwährenden dankbaren Erinnerung an die Auferstehung unseres Erlösers, an die Herabkunft des heiligen Geistes auf die Apostel und an die Gründung der heiligen Kirche, die alle an einem Sonntage stattgefunden.

Der Sonntag ist so recht eigentlich der Tag, den der Herr gemacht hat, auf den sich alle Wunder der Natur und der Gnade vereinigen; der Tag, welcher durch die Geheimnisse der wunderbarsten Thaten Gottes geheiliget ist, wie Papst Leo d. G. sagt (Epist. 11); der Tag, der, nach dem Ausdrucke des hl. Kirchenlehrers Hilarius (Prolog. in Psalm. n. 12), was der alte Sabbat nur in Vorbildern und Verheißungen dargeboten, uns in seiner Verwirklichung und Erfüllung bietet; der Tag, welcher, wie der hl. Athanasius sagt (De Sabbat. n. 1. 14), die Morgenröthe der neuen Schöpfung ist, wie der alte Sabbat das Ende der ersten Schöpfung war. Sonntag war's, als Gott der Vater und Schöpfer aller Dinge sein allmächtiges Wort sprach (I. Mos. 1, 3): Es werde Licht! Und es ward Licht.

Sonntag war's, als der Sohn Gottes, diese Sonne der Geister, aus eigener Machtfülle von himmlischem Lichte umflossen aus den Finsternissen des Grabes in's neue Leben hervorging. Sonntag war's, als der heilige Geist im Saale des Abendmahles unter der Gestalt feuriger Zungen erschien, die Apostel erleuchtete, sie durchglühte, ihnen die Macht gab, eine ganze Welt

14

zu belehren, umzuwandeln. Darum — heilig sei uns der Sonn=
tag! ruft der hl. Johannes Chrysostomus aus, denn der Sonntag
war auserkoren, der Zeuge zu sein, wie die Sünde von der
Erde weggetilgt, der Satan in Ketten gelegt und die Menschen
mit ihrem Schöpfer und Herrn wieder ausgesöhnt wurden; der
Sonntag war auserkoren, Zeuge zu sein von den drei großen
Offenbarungen der allerheiligsten Dreieinigkeit, des Vaters, als
er im Beginne der Zeiten das Licht schuf; des Sohnes, als er
die Schatten des Grabes verscheuchte und sich im Lichtglanze
seiner Herrlichkeit zeigte; des heiligen Geistes, als er die Strahlen
der Wahrheit und die Flammen der Liebe über die in Finster=
niß und Selbstsucht versunkene Heidenwelt ausgoß. Ja — heilig
sei uns der Sonntag! er ist der Erinnerungstag und das lebens=
frische Denkmal an die wundervollen Thaten der Allmacht und
Menschenfreundlichkeit Gottes, an die Wiedererhebung und Hoff=
nung des Menschengeschlechtes. Diesen heiligen Tag entheiligen,
das heißt und ist so viel als verwegene Hand anlegen an die
Ehre Gottes und an die Würde des Menschen, um sie durch
solche Missethat von dem ihnen gebührenden Throne herunter=
zustürzen und sie — das Heiligste in den Staub zu treten.

Noch lag das Christenthum in der Wiege, und schon stand
der Name des Sonntags, des Tages unsers Herrn, auf die
Blätter der hl. Schriften eingetragen; Johannes, der Evangelist,
gibt ihm in seinem Buche der Offenbarung 1, 10 (in die do-
minica) zuerst diesen Namen, er nennt den Sonntag „Tag des
Herrn“. — Von dieser Zeit an galt die Feier des Sonntags
den Christen als eines der Hauptgebote des Christenthums. Nicht
Verfolgungen, nicht nationale Verschiedenheiten und kein Wandel
der Menschen und Dinge waren im Stande, die Sonntagsfeier,
an die sich fortwährend die Erinnerung an die Schöpfung und
Erlösung knüpft, im Glauben und Leben der Kirche abzuändern
oder umzugestalten. Dießfalls ist die vollgültige Stimme der
Ueberlieferung unverkennbar. Wie die heiligen Märtyrer Justinus
und Irenäus, ebenso bezeugen auch Tertullian und Origenes,
daß der erste Wochentag zu den Versammlungen der Christen
bestimmt war. Die Heiden selbst wußten, daß die Christen ihre
Mysterien am Sonntag feiern; denn um sie schuldbar und des
Todes würdig zu finden, dazu genügte ihnen schon die Frage:
„Habt ihr den Sonntag gefeiert?“ — Als, wenige Jahre nach

dem Tode der Apostel, der Philosoph Justin vor den Kaiser Mark Aurel geführt wurde, verantwortete sich der Heilige, wie folgt (Apol. I. 66. 67): „Am Tage des Herrn, den Andere den Tag der Sonne nennen, versammeln sich unsere Brüder von Stadt und Land an einem gemeinsamen Orte. In diesen Versammlungen werden die Schriften der Apostel oder die Bücher der Propheten vorgelesen. Ist die Lesung zu Ende, dann hält der Vorsteher an die Versammelten eine Ermahnung, den Lehren, die sie soeben vernommen, treu zu bleiben. Hierauf erheben sich alle zum Gebet, und nach diesem bringt man das Brod, den Wein und das Wasser dar, das unter die Gläubigen ausgetheilt wird. Nach dem Segensspruche (Consecration) und der Danksagung und bevor man auseinandergeht, legen die, welche das Vermögen dazu haben, für die Armen ein Almosen nieder. Wir haben den Sonntag zu unsern Versammlungen gewählt, weil er der erste Tag der Schöpfung und zugleich der Tag ist, an welchem unser Herr Jesus Christus von den Todten auferstanden ist." — Meint man nicht hier gerade das zu hören, was jetzt noch alle Sonntage in unsern Kirchen vorgeht?

Seit jenen Zeiten sind die Aufrufe der Freude und der Hoffnung — Gloria in excelsis Deo, Ehre sei Gott in der Höhe! Oremus, Laßt uns beten! — nie mehr verstummt; der erste Wochentag, durch die Auferstehung des Gottmenschen, und sieben Wochen später durch die Herabkunft des heiligen Geistes geheiliget und verherrlichet, war für die Christen immer der Tag der Anbetung, der Fürbitte, der Danksagung, der christlichen Mildthätigkeit, der gemeinsamen Erbauung und Heiligung.

III. Die Heiligung des Sonntags ist ein allgemeines, ein Weltgesetz.

Dieses Gebot ist, wie der hl. Thomas von Aquin sagt (Summ. Theol. 2, 2, 9), zum Theil schon ein Gesetz der Natur; seinem Charakter der Allgemeinheit merkt man es ab, daß es das Werk und Gebot Gottes ist.

Diese so großartige göttliche Anordnung ist mit unauslöschlichen Zügen eingegraben, wie in das Herz des Menschen, so auch selbst auf die nie ruhenden Wogen der Zeit. Diese feste Abgrenzung der Woche, diese unveränderte Fortdauer der ge=

heimnißvollen Siebenzahl, welche den Tagen ihre Eintheilung gibt, hat etwas, das höher steht, als alle menschliche Erfindung und jede Berechnung bloß menschlicher Wissenschaft. Ein gelehrter und redegewandter Mann unserer Zeit, auf dessen Urtheil wir uns schon oft berufen haben, sagt: Gott hat wie mit Vorliebe die Siebenzahl überall hingezeichnet, sie aufgeprägt der natür= lichen und der übernatürlichen Offenbarung, um so die Erinne= rung an diese heilige Ruhe, die allwochentlich bis an's Ende der Zeiten wiederkehren soll, in der Sitte und Gewohnheit aller Völker desto tiefer einzugraben. Schon auf den ersten Blättern der hl. Schrift findet ihr diese heilige Siebenzahl abgebildet. So schließt sich das Werk der Schöpfung mit dem siebenten Tage ab; die Sündfluth beginnt am siebenten Tage, nachdem Noa seine Zeitgenossen zum letzten Male vor dem hereinbrechenden Gottesgerichte gewarnt hatte; und die Arche, die den Samen einer neuen Welt in ihrem Schoße trug, bleibt auf dem Gebirge Armeniens stehen nach einer siebenmonatlichen Dauer der Sünd= fluth. — In Uebereinstimmung mit dem Dekalog mußten die Hauptfeste während sieben Tagen gefeiert werden; der Ostern folgte das Pfingstfest nach sieben Wochen; im gelobten Lande war jedes siebente Jahr ein Ruhejahr, und je nach siebenmal sieben Jahren feierte das israelitische Volk sein Jubeljahr mit besonders herrlicher Festfreude. Was hatten die Reinigungen zu bedeuten, die siebenmal wiederholt werden mußten? Wozu der goldene siebenarmige Leuchter, der im Tempel zu Jerusalem mit sieben heiligen Flammen zündete? Warum hat der König David siebenmal des Tages das Lob Gottes angestimmt? Und warum ist endlich die Ankunft des Messias festgesetzt auf die siebenzigste Jahreswoche? Die Väter und Lehrer der Kirche geben uns die Antwort, Gott habe mit allen diesen Bildern, Zeitwenden und Symbolen das Andenken überliefern und verewigen wollen an die Ordnung, die er für den Lauf der Dinge festgesetzt, und an die allwochentliche Ruhe, davon er dem Menschen das Ge= bot und das Beispiel gegeben. *)

Diese Ueberlieferungen eines unvollkommenen und vorbild= lichen Gesetzes setzen sich auch noch unter dem Gesetze der Gerech=

---

*) S. Abbé Besson. Der hochw. Geistlichkeit sind die Werke dieses Autors über den Gottmenschen, die Kirche, das Gesetz 2c. sehr zu empfehlen.

tigkeit und Vollkommenheit fort. Hier stimmen mit einander überein das alte und das neue Testament, Jesus und Moses, die Kirche und die Synagoge. Der gleiche Grundgedanke und die nämliche Grundzahl tritt wieder hervor in den sieben heiligen Sakramenten, in den sieben Gaben des heiligen Geistes, in den sieben Siegeln, womit das Buch der Offenbarung beschlossen ist, in den sieben Bitten des Vater-unser's, in den sieben Diakonen, die von den Aposteln zum Dienste der Armen und des Altares aufgestellt wurden, in den sieben kanonischen Stunden des Kirchengebetes. Und wie diese geheimnißvolle Zahl hinieden im Reiche der Natur und Gnade ihren Rang behauptet, so wird sie auch Geltung haben im Reiche der ewigen Glorie, sie wird, wie der Apostel Johannes bezeugt, mit siebenfarbigem Strahlenglanze den Thron des makellosen Lammes umgeben.

Von diesen unbestreitbaren Zeugnissen der Ueberlieferung des Menschengeschlechtes hat auch die neuere Wissenschaft nicht Umgang nehmen können; sie hat auf dem Wege ihrer Forschungen neue Beweise die Menge aufgefunden, sie bezeugt, daß das Morgen- und Abendland, die Schulen und die Tempel, die Volkssagen wie die Ergebnisse philosophischer Untersuchungen diese Siebenzahl der Woche verherrlichen, daß der Beweis für sie, wie aus den Archiven der Geschichte, so aus dem Herzen und Bewußtsein des Menschengeschlechtes sich herausspricht.

Der Unglaube unserer Tage, der nur allzu oft mit seinen wissenschaftlichen Errungenschaften großthut, bedenkt nicht, daß, indem er den himmlischen Ursprung des gottesdienstlichen Tages läugnet, er sich nicht nur dem Lichte der Offenbarung verschließt, sondern auch noch alles Verständniß für die Geschichte des Menschengeschlechtes verliert. Es scheint wirklich, Gott habe die Siebenzahl als Grundlage für das Weltall auserkoren und in diesem Sinne sei jene Schriftstelle zu fassen (Sprüchw. 9, 1): „Die Weisheit baute sich ein Haus, und hieb sieben Säulen aus."

Im Bereiche seines Thuns und Verkehrs hat der Mensch andere Regeln festgesetzt, seine Maaße und Gewichte auf das Dezimalsystem gestellt; nur der Zeit konnte er sich nie bemächtigen, nie das Maaß derselben aus dem Kreislaufe der sieben Tage herausbringen; diese heilige Zahl ist ein unauslöschliches allen Zeitbewegungen aufgeprägtes Wahrzeichen von der Macht und von dem Rechte Gottes.

Zu allen Zeiten bestand in der Welt eine Gewohnheit, welche so recht lebhaft an die Schöpfung in sechs Zeitfristen erinnerte; und vom Tage der Ruhe, der auf sie folgte, stammt die Eintheilung der Zeit in Wochen. Dieses Zeitmaaß ist gleichsam die Fußstapfe und der Beweis von der Ordnung und Reihenfolge, in welcher Gott sein Werk vollendete. Die waren wohl irrig daran, welche meinten, die Woche schreibe sich her von der Beobachtung der sieben Planeten. Diese Zeiteintheilung findet sich im Alterthume, bevor man etwas von sieben Planeten wußte; denn anfänglich konnte man nur zwei oder drei Planeten mit Leichtigkeit entdecken und beobachten. Die Wocheneintheilung verliert sich in die vorhistorischen Zeiten der Völker. In der bekannten Encyklopädie von Diderot sagt Laplace: „Als den ersten Schritt, den die Menschen gethan, um sich ein bestimmtes Zeitmaaß zu schaffen, haben wir diese kleine Periode von sieben Tagen anzusehen, die wir Woche nennen." Man weiß, daß sie schon vor unvordenklichen Zeiten beinahe bei allen Völkern in Uebung und ihre Eintheilung sich überall vollkommen gleichförmig war. Die Hebräer, die Assyrier, die Aegyptier, die Indier, die Araber, kurz alle Völker des Morgenlandes bedienten sich der Wochen, die sieben Tage umfaßten.

Auch Selden zog die Woche in den Kreis seiner Forschungen und fand, die Gewohnheit nach Wochen zu rechnen sei im Morgenlande uralt. Und Scaliger sagt, von den urältesten Zeiten an haben alle Völker des Morgenlandes sich des Kreislaufes einer Woche von sieben Tagen bedient, um darnach die Tage und Zeiten zu bemessen. — Auch jetzt noch ist sie in der ganzen Welt in Uebung. Die Juden beginnen die Woche mit dem Samstag, die Christen mit dem Sonntag, die Heiden mit dem Samstag, die Muhamedaner mit dem Freitag. Die Araber, Indier, Chinesen beobachten bei ihren Zeiteintheilungen ebenfalls das bestehende Maaß und den allgemeinen Gebrauch der Woche; auch noch die Trümmer einer uranfänglichen Ueberlieferung bekräftigen das Zeugniß, das die heilige Schrift für den Ursprung der Woche ablegt. (S. Gainet. La Bible sans la Bible.) Die größten Denker unter den Heiden stimmen mit dem, was der Volksmund von jeher ausgesprochen, überein. Alsc nicht der Mensch hat diese Zeitbezeichnung und Zeitbemessnung erfunden und gemacht, sondern er hat sie von Gott erhalten.

Und nun — wer wagt es denn, dieser mächtigen Stimme der Jahrhunderte und der Menschen, diesem Zeugnisse, das dauerhafter, als in Marmor, in alle Zeit eingegraben ist, zu widersprechen, und das heilige Gesetz der Sonntagsfeier anzuzweifeln und zu bestreiten, anzutasten die Feier eines Tages, der nicht nur der Festtag Einer Kirche oder Eines Landes, sondern der Feiertag der ganzen Welt ist?

Seit den uranfänglichen und wonnevollen Tagen des Paradieses, deren sich die Menschheit nur noch dunkel erinnert, bis zu jenem Opferaltare, den Noe nach der Sündfluth dem Herrn errichtet, und von dem beweglichen Zelte Abrahams bis zu der in der Wüste wandernden Bundeslade, und vom Tempel Salomons an bis zu dem Saale des Abendmahles, als der glorreich Erstandene den Seinen erschien, und von den Katakomben an bis in die Basiliken unserer Tage herein, ist's nur Eine Stimme, und diese Stimme gibt Zeugniß der Heiligkeit des Sonntags und gemahnet uns, dieses allgemeine, dieses für alle Welt geltende Gesetz der Sonntagsfeier zur Anbetung und Verherrlichung Gottes mit unverbrüchlicher Treue zu halten.

IV. Die Heiligung des Sonntags ist ein Gesetz der Sittlichkeit.

Es ist ein unbestreitbarer Grundsatz, daß Gott die einzige Quelle wahrer Sittlichkeit ist, und daß die Tugend gerade in dem Grade bei einem Volke heimischer wird, in welchem bei ihm die Gottesverehrung in Zunahme begriffen ist.

Die Religion ist des Menschen erste Pflicht und zugleich sein dringendstes Bedürfniß. Ein der Naturreligion sich zuneigender Schriftsteller gesteht das, und es mag nicht ohne Nutzen sein, seine Worte hier anzuführen: „Nicht selten stellen sich Stunden der Entmuthigung ein, wo die Welt uns ohne Licht und Trost läßt, wo die Religion allein uns Frieden, Trost und Muth gewähren kann. Es gibt Seelen, denen das Leben ohne geistlichen Trost unerträglich würde und die auch ohne geistlichen Unterricht nicht im Stande wären, sich von ihrer sittlichen Makel zu befreien und von ihrem Falle sich wieder zu erheben. Wer des Menschen Natur in ihren Tiefen durchforscht hat, der weiß, daß Menschen in großer Zahl versammelt den Mangel zeitlicher Güter leichter verschmerzen, bälder bis zur Begeisterung sich erschwingen, zugänglicher für die erhabenen Eindrücke der Kunst sind, und von religiösen Gefühlen lebhafter ergriffen werden. Die Individuen verschwinden da gleichsam und vergessen sich, und die Menschheit selbst ist's, die in jedem von ihnen denkt, athmet und lebt. Mit Vielen sich zum Gebete versammeln, das ist wahrhaft Gott sich nahen."*)

Ja, diese geistige Sammlung und Erholung, diese Stunden feierlicher Ruhe, diese süßen und starken Gefühle des Herzens, diese geheimnißvollen Erhebungen des Geistes, wer kann sie ihm geben — dem unter der Last seiner Arbeiten keuchenden Handwerksmann; dem Weibe, dessen tägliches Brod Leiden und Thränen sind; dem Volke, das unter der Bürde seiner Nahrungssorgen seufzt — wer anders, als die heilige Kirche mit ihrer erhabenen und rührenden Sonntagsfeier? Wer mahnet den Menschen, der Tag um Tag zu der vom Fluche Gottes getroffenen Erdscholle sich niederbeugt, sein Haupt doch wieder einmal zu erheben, gen Himmel aufzublicken und sich zu erinnern, daß er eine freie, lebendige und unsterbliche Seele habe? Wer ist im Stande einer solchen Seele Licht auch für die trübesten und aussichtslosesten Tage, Kraft und Muth zu jeglichem Kampfe zu spenden, in jeglichen Schmerz ihres irdischen Lebens den lindernden Balsam himmlischen Friedens zu träufeln?

Ist nicht der Sonntag die große Schule, in welcher der Christ sich wieder in den Lebensquell seines Geistes, in den Lichtstrom der himmlischen Wahrheit versenkt? Ja — hier gebietet er dem gemeinen Verkehre des Alltagslebens Schweigen und Ruhe; sein Leib, den die Last von sechs Tagen niedergebeugt, erhebt sich wieder zur Betrachtung göttlicher Dinge; seine sonst so zartsinnige und hochherzige, aber von irdischen Sorgen ermattete Seele, athmet im Lichte Gottes wieder auf wie neugeboren. Während der Woche bekam er kaum anderes zu hören, als das Gelärme und Gerede der Welt, nur gar zu oft keine andere, als die sündigen und trugvollen Worte der Verführung. Die Industrie schrie ihm in die Ohren: Arbeite, der Mensch ist

---

*) Jules Simon. La liberté, tome II. p. 359.

nur so viel werth, als er arbeitet; mach' dich geltend und mög=
lichst breit, erweitere dein Besitzthum, werde reich und gebiete.
Reiche Glückspilze sagten ihm: Mach' dich lustig, erhasche die
Freude im Flug, das ist das allgemeine Lebensziel, wer dieses
erreicht, der hat sein Glück gemacht. Auch die Zweifler raunten
ihm in's Ohr: Im großen Weltorganismus bist du weiter nichts,
als ein winziges Insekt, ein etwas perfektionirtes Thierlein. —
Während sechs Tagen ertönte unabläßig solch verführerisches und
gefährliches Gerede, wie das Gezischel von giftigen Schlangen=
zungen, in seinen Ohren. Aber am Sonntage, dem Lehrstuhle
der göttlichen Wahrheit sich nahend, wird er über all' diesen
Trug und Schwindel enttäuscht; das evangelische Wort schafft
ihm Licht und Aussicht in eine ewige Zukunft; es sagt ihm:
„Du bist ein Kind Gottes, gefallen in Adam, aber erlöset in
Christus; du bist ein Fremdling auf Erden, aber das Ziel
deiner mühevollen Wanderschaft ist die herrliche Heimat der
Kinder Gottes im Himmel." — Ja — hier, von diesem hei=
ligen Lehrstuhle herab vernimmt er die Geschichte des Menschen=
geschlechtes und die Wunder der himmlischen Erbarmung und
Liebe; hier taucht er wieder seinen Geist in die Quellen leben=
digen Wassers, und gehoben und glaubensgewiß und glaubens=
froh stimmt er gerührten Herzens und mit vollkräftiger Stimme
ein in das uralte Glaubensbekenntniß seiner Väter: Ich glaube
an Gott Vater, den allmächtigen Schöpfer; ich glaube an Jesus
Christus, seinen eingeborenen Sohn, unsern Herrn; ich glaube
an den heiligen Geist; ich glaube an die heilige katholische
Kirche; ich glaube an das ewige Leben! — Ueberall sonst hört
er seine Religion bekriteln und bemängeln; die Existenz der
Seele wird bestritten, ihre Unsterblichkeit geläugnet, Gott selbst
in Zweifel gestellt; sagt mir, was soll doch aus einem Volke
werden, das für nichts mehr Glauben und Hoffnung und Liebe
hat, als einzig noch für seine weltlichen Geschäfte und sinnlichen
Freudengenüsse? Glaubt es nur — ein solches Volk ist bald
dazu reif, das Opfer boshafter List und roher Gewalt zu
werden!

Sollte Jemand, sich selbst prüfend, die Wahrnehmung ma=
chen, daß er mit seinem Glauben Schiffbruch gelitten, der gehe
nur wieder zur Kirche, und er wird seinen Glauben wieder in
den süßen Erinnerungen an die glücklichen Jahre seiner Kindheit

und Jugend finden. Ein Philosoph unserer Tage, der an sich selber die Wahrnehmung machte, wie ihm während seiner wissenschaftlichen Forschungen der Glaube allmählich erlosch, raffte sich wieder auf durch den Besuch der Orte, wo er einst in seliger Unschuld dem Gottesdienste beigewohnt und mit gläubig-frommem Sinne Gott gedient hatte. Er erzählt uns das selbst in den Wehmuth athmenden Worten: „Nun befand ich mich wieder unter dem heimischen Dache, wo die Tage meiner Kindheit dahinfloßen, und alles stand wieder vor mir da, was einst meine Augen bezaubert, mein Herz gerührt hatte; alles war noch so, wie es einst gewesen, nur ich nicht mehr. Da stund noch die nämliche Kirche, und immer feierte man noch in ihr mit der nämlichen Sammlung und Andacht die heiligen Geheimnisse; diese Felder und Wälder und Bächlein, noch immer wurden sie, wie einst, im Frühling gesegnet; und ganz so, wie früher, wurde an jenem Hause dort am hochheiligen Tage ein Altar mit Blumen und Laubwerk errichtet; und es trat wieder auf der nämliche Pfarrer, der mich einst im Glauben unterrichtet, mit freilich etwas gebleichten Haaren, aber doch immer noch der gleiche und des nämlichen Glaubens, wie einst; und alles, was ich einst geliebt, und alles, was mich einst hier umgab, alles hatte noch das gleiche Herz, die gleiche Seele, den gleichen zuversichtlichen Glauben. Nur ich hatte ihn verloren, nur ich stund in meinem Leben da, ohne zu wissen, woher und wozu; ich allein war in meiner Seele leer und trostlos, alles höheren Lichtes beraubt, blind, unbefriediget."*) Diese und solche wehmuthsvolle Klagen, wie sie sich aus der Brust solcher Menschen hervordrängen, die nach Verlust des Glaubens in ein endloses Chaos von Zweifeln und Irrthümern hineingerathen, werden sich immer hören lassen, wenn der Sonntag nicht mehr das heilige Recht haben soll, die Völker um den Lehrstuhl der christkatholischen Wahrheit zu sammeln, um ihren Geist mit dem Manna der himmlischen Lehre zu nähren.

Das Menschenwort, sei es noch so herrlich und gewaltig, hat seine schwachen Stunden; bald Königin, bald Sklavin, erhöhet oder erniedriget, ein Organ der Wahrheit oder eine Dienstmagd des Irrthums, ein Leuchter oder eine Brandfackel, wandelt

---

*) Jouffroy. **Nouveaux mélanges,** p. 103.

es dahin und verbreitet Licht um sich her, oder bezeichnet seine Bahn mit Trümmerhaufen, einiget die Geister oder trennt sie aus einander, stiftet Haß und Feindschaft, oder umschlingt die Herzen mit dem Bande der Eintracht und Liebe. Der Fall ist nicht selten, daß Einer, hat er den trugvollen Zauber des Menschenwortes aus selbsteigener bitterer Erfahrung kennen gelernt, sich's fest vornimmt, dasselbe nur mit Mißtrauen anzuhören, eben weil es allaugenblicklich schwanket zwischen Licht und Schatten, und aus seinem Schooße den Völkern bald das Leben, bald den Tod gebiert. Glücklich derjenige, welcher in der Stunde, da ihn solch ein Mißtrauen befällt, sich aufzuraffen weiß und Zuflucht nimmt zu dem Unterrichte, der niemals trügt, zu dem Lichte, das sich nie in Finsterniß wandelt, zu der Vernunft, die der Unfehlbarkeit gewiß ist, zu jenem fleischgewordenen Worte, zu welchem der Apostel sprach (Joh. 6, 69): „Zu wem sollten wir gehen? Du hast die Worte des ewigen Lebens."

Das ewige menschgewordene Wort Gottes hat den Lehrstuhl der katholischen Kirche mit göttlicher Sendung, mit göttlichem Lichte, mit göttlicher Autorität ausgestattet. Er hat ihn erhoben über all' die wechselvollen Launen menschlichen Meinens, über all' die schwankenden Ergebnisse der Wissenschaft, über alles Getriebe und Schaukelwerk der Politik. Es hat ihm den Himmel zum Ursprung, den heiligen Geist zum Führer, die Wahrheit zum Lehrinhalt, zur Zuhörerschaft ihm alle Jahrhunderte und die ganze Welt gegeben. „Wie mein Vater mich gesendet hat, so sende ich euch. Bei euch bin ich alle Tage. Lehret alle Völker." (Matth. 28, 18. 19.)

Die katholische Lehrkanzel wird nie unversehens überrascht, so daß sie nicht Bescheid zu geben wüßte; sie hat Licht und Aufklärung für alle Zeiten und Zeitwenden; sie läßt sich hören im Zeitalter des Augustus; sie sittiget und bildet die barbarischen Völkerstämme; sie zieht groß die sozialen Körperschaften des Mittelalters und vertheilt unter die Völker unseres Zeitalters jene Schätze der Offenbarung, ohne welche die Geister und Herzen vor Ungewißheit und Trostlosigkeit verschmachten müßten.

Sie fürchtet nichts, sie ist im Besitze der Wahrheit, die ihren Wohnsitz droben hat, hoch über allen Mächten dieser Welt. Eine unversöhnliche Gegnerin des Irrthums, aber jeder irrenden Seele eine theilnehmende Freundin, läßt sie sich vom Vorurtheile

und vom Wankelmuth nichts abmarkten; ohne Rücksicht auf
Leidenschaften, Glücksgüter und Ansehen in der Welt, rettet sie
die Seele aus ihren Verwirrungen und Gebrechen, und weiset
ihr den Weg der Pflicht; wie sie das Gewissen des Verbrechers
aus seinem Schlummer aufstört, so flößt sie auch dem Reumü=
thigen Hoffnung in's Herz und ermuntert den Tugendhaften zur
Beharrlichkeit. Sie mag wollen oder nicht, die Welt beugt sich
unter die Herrschaft dieser Lehrkanzel und anerkennt unwillkür=
die Macht derselben.

Der Sonntag ist also die große Schule der Wahrheit.

Wäre, was wir zu verkünden haben, nur ein Menschen=
wort, die Reihen der Zuhörer um diesen Rednerstuhl wurden
bald sich lichten; glänzendere Redner, als wir sie haben, mußten
bald erfahren, daß sie inmitten leerer Räume allein stunden und
den einstigen so stürmischen Beifallsrufen vollständiges Still=
schweigen folgte. Nein, was euch in dichten Schaaren um uns
her sammelt, was euch an unsere Lippen heftet, das kommt
daher, daß euer Auge nicht an dem Schleier unserer persönlichen
Schwachheit haften bleibt, sondern mit dem Tiefblicke des Glau=
bens erfurchtsvoll in uns den Priester des Herrn ansieht; gerne
lauschet ihr einer Stimme, die der Wahrheit geweiht, und ihr
allein verlobt ist, einer Stimme, die den Leidenschaften nicht
schmeichelt, die voll zärtlichen Erbarmens dem Menschen an's
Herz redet, die ihm aber auch die kleinsten Vergehen nicht unge=
ahndet hingehen läßt. Sie ist die Stimme des fleischgewordenen
Wortes, das zu Bethlehem geboren ward, das an ein Kreuz ge=
heftet erstarb, aber glorreich sich wieder aus dem Grabe erhob;
das die Apostel gehört, das ihre Nachfolger an uns überliefert,
und das von einem Menschenalter zum andern und von Jahr=
hundert zu Jahrhundert, ohne jemals dem Wandel und Wechsel
des Menschengeschlechtes unterworfen zu sein, die Welt beherrscht,
um sie zu erleuchten, vom Untergange zu retten und zu heiligen.
Der katholische Tempel birgt unerschöpfliche Quellen, aus wel=
chen sich die Wahrheit und Gnade in Strömen ergießt; Woche
um Woche wird da die gläubige Menge die Schülerin des himm=
lischen Lichtes.

Ohne den Sonntag ist das Volk den Einflüssen aller Nieder=
tracht und sittlichen Verkommenheit preisgegeben; das Wegbleiben
von den Altären des Herrn, die Entwöhnung von allen religi=

ösen Uebungen raubt ihm allmälig auch allen religiösen Sinn und eben damit jegliches Heil- und Schutzmittel gegen die sündigen Neigungen in seinem Innern und gegen die Verführungskünste von Außen. Erscheinen dagegen die Menschen am Sonntage in den heiligen Räumen des Gotteshauses, so erwachet ihr Gewissen hier wieder im Anblicke des Taufsteines, wo sie von ihrer Erbschuld gereiniget wurden, des Beichtstuhles, wo einst die kindlichen Reuethränen ihnen den süßesten Seelenfrieden brachten, jenes Kommuniontisches dort, wo sie in den Blüthetagen ihrer Jugend in heiliger Wonne knieten, und es läßt sich durchaus nicht denken, daß ein Mensch, wenn ihn diese überirdische Atmosphäre des katholischen Gottesdienstes von allen Seiten umgibt, gott- und religionslos bleiben könne. Das gemeinsame Gebet des versammelten Volkes, die Darbringung des heiligsten Opfers, die Ehrfurcht, mit der Alle vor dem Allerheiligsten auf die Kniee fallen, die jubelvollen Lobgesänge und dann wieder die feierliche Stille — alles ergreift ihm die Seele, erhebt sie über alles, was nur gemein und alltäglich ist, entzieht sie dem engen Kreise bloß irdischer Absichten und niederträchtiger Leidenschaften, und versenkt sie in die Unendlichkeit Gottes. O gewiß liegt es unserm Willen ferne, daß Glauben und Frömmigkeit in einem leeren Formalismus aufgehen; das hieße wahrlich nur, die sittliche Verdorbenheit mit dem leicht durchsichtigen Firniß sinnloser Zeremonien überkleistern, den kraft- und thatlosen Willen mit einem trügerischen Scheingepränge einschläfern und nichts anderes, als einen gleißenden Aberglauben treiben. Nein, mit ihrer gesammten äußerlichen Feier des Gottesdienstes hat die katholische Kirche nie etwas anderes beabsichtiget, als ihre geistigen Lehrwahrheiten auch mit dem Gewande sinnlicher Wahrnehmung zu umkleiden, den Glauben in Gleichnissen darzustellen, und so den Menschen auf dem Wege sinnlicher Veranschaulichung desto leichter und kräftiger von Stufe zu Stufe zum wonnevollen Schauen des Uebersinnlichen und Göttlichen hinanzuleiten. Wir kennen das Wort (Joh. 4, 24): „Gott ist ein Geist, und die ihn anbeten, müssen ihn im Geiste und in der Wahrheit anbeten"; aber wir wissen auch, daß der Mensch sinnlicher Zeichen bedarf, eines Blickes nach dem Himmel, bildlicher Darstellungen evangelischer Thatsachen, des Kreuzeszeichens, der Lobgesänge; Gott zu finden und mit ihm sich zu vereinigen, dazu bedarf er dieses äußerlichen und öffentlichen Gottesdienstes; das ist auch der Weg, den der ewige Sohn Gottes selbst betreten, als er sich dem Menschen nahen wollte, er nahm Wesen und Gestalt des Menschen an, der eine leben= dige Seele ist, vereint mit einem sinnlichen Leibe.

Die Heiligung des Sonntags ist also ein Gesetz der Sitt= lichkeit, indem sie einen mächtigen Einfluß übt auf die Belebung und Entfaltung jeglicher Tugend; der Sonntag ist die reichhal= tige Quelle der Sittlichkeit für die Völker, weil dieser Tag ge= weihet ist der allgemeinen Anbetung Gottes, der allein den Menschen von seinem Fall erheben, ihn begnadigen, segnen und heiligen kann.

Der Sonntag spendet jedoch nicht nur Licht und Kraft, sondern er bringt auch Trost und Freude für Jedermann. Jenes oft sich wiederholende Wort, das unser Herz zur wahren Freude aufmahnt: „Freuet euch im Herrn!" — kann sich erfüllen und verwirklichen nur dort, wo die Tugenden in der Blüthe stehen und die Religion ihren himmlischen Wohlgeruch verbreitet. Die Freude hat ihre Geburtsstätte in dem bessern Theile der Seele und wo sie von einem göttlichen Lichtstrahle beschienen wird; ein Mensch bedrängt den andern und ein Herz beengt das andere; hienieden führt es ihn täglich an den Oelberg, bedarf er täglich einer Hand vom Himmel, die ihn unterstützt, damit er sich den Leidenskelch unverzagt an die Lippen setze. Die Freude ist nicht eine Blume, die in diesem Thale der Thränen wurzelt und gedeiht; dem Thau ist sie ähnlich, der die Pflanzen belebt und tränkt, vom Himmel herab fällt sie in das Herz des Menschen.

Es ist wahr, was Montesquieu gesagt hat: Für die Men= schen gibt es nichts tröstlicheres, als sich zusammenzufinden an einem Orte, wo sie sich der Gottheit näher fühlen, und wo alle mit einander ihre Schwäche und ihr Elend laut werden lassen. Er hat hiemit nur mit andern Worten den gleichen Gedanken des hl. Thomas von Aquin ausgedrückt, welcher sagt, die Tempel seien errichtet nicht so fast Gottes wegen, als vielmehr um der Menschen willen, die ihn darin anbeten (non propter Deum, sed propter ipsos adorantes). — Auch der Reiche hat seine Mühen und Beschwernisse in dieser Welt; aber soll nicht auch er sich von Zeit zu Zeit entziehen den Schmeicheleien, die ihn bethören, der Behaglichkeit, die ihn verweichlicht, der überspann=

ten Meinung von seinem persönlichen Werthe, und wenigstens einmal in der Woche ein Wort sich in den Ohren ertönen lassen, das mit der unpartheilichen Freimüthigkeit ihm sagt, daß auch der Reichthum seine Pflichten und seine Gefahren habe; ist es ihm nicht heilsam, daß auch er vor dem heiligen Opfer=altare auf die Kniee falle und sich erinnere, daß er von dem Herrn der Welt ein bettelarmer Mensch und vor seinem Heilande Jesus Christus ein armer Sünder ist; ist es nicht gerade ihm zum Heile, wenn er vernimmt, welch' eine erhabene Stellung die Armen im Lichte des Glaubens einnehmen; thut es nicht ihm noth, Erbarmung zu finden für seinen Hochmuth, empor=gehoben zu werden über die gemeinen Freudengenüsse, geheilt zu werden von dem Eckel und der Langweile, die auch in den Becher der Weltglücklichsten hinieden den bittersten Wehrmuth träufen lassen? — Und der arme Taglöhner, mag er dort draußen auf dem Lande eine Scholle umgraben, die nicht ihm Frucht bringen soll, oder da drinnen in der Stadt im Staub und Rauchqualm seiner Werkstatt beinahe ersticken, soll er kein Anrecht haben auf die Freuden des Hauses Gottes und des christlichen Sonntags — er, der vielleicht die ganze Woche hin=durch nichts findet, als eine elende Wohnung, eine finstere Dach=kammer, wo er das bittere Brod seiner Arbeiten und Mühsale zu essen bekommt?

Der Arme hat den Sonntag gern, er fühlt sich so heimisch in der Gemeinschaft der Christen, die alle Eines Glaubens und Einer Liebe sind; das Volk versteht ganz gut, daß diese Schil=dereien und Bildsäulen, diese Leuchter und Gemälde für es da sind, zu seiner Freude und Erbauung der feierliche Glockenschall und das tausendstimmige Orgelspiel und die melodischen Festge=sänge, der duftende Weihrauch während des Hochamtes und die prachtvolle Zeichenschrift aller Zeremonien.*) Der Arme hat die Kirche so gern, denn in ihr schöpft er den himmlischen Segen für das rauhe Tagewerk seiner Hände, sie ist die heilige Freistatt, in welcher alle bedrängten Herzen Schutz und Obdach finden. Dem Armen ist seine Pfarrkirche so lieb, weil überall sonst er Almosen annimmt, hier aber Almosen gibt; denn seiner

---

*) Goethe sagt irgendwo: Der Protestantismus hat dem Genius die Flügel gestutzt und ihn zu Fuß gehen lassen.

Armuth und seinem Schweiße wußte er noch einen Pfennig abzuringen, um im Vereine mit Allen dem Könige des Himmels dieses Haus zu bauen; bittend streckt er sonst Allen die Hand entgegen, in der Kirche aber wird er wieder seines Werthes bewußt, weil es auch ihm geglückt war, aus dem Ergebniß seiner Arbeit oder aus den milden Spenden, die er empfangen, dem Herrn der Welt ein Almosen zu geben, einen Baustein zu schenken demjenigen, der hienieden nicht einmal einen Stein hatte, auf den er sein Haupt hinlegen konnte.

O ihr Armen Jesu unseres Herrn! hat Gott euch die bittern Freuden eines großen zeitlichen Besitzthums versagt; muß euer Herz die elenden Genüsse, die der Reichthum sich verschaffen kann, entbehren; bringt nie weder das Lustgetöne der Musik, noch der Lichtschimmer von prächtigen Leuchtern Heiterkeit in euere Wohnungen hinein; begegnen die Woche hindurch eurem thränenfeuchten Auge nur nackte, vom Staub und Ruß geschwärzte Wände, und schwirren fortwährend in euren Ohren die untröst= lichen Klagen euerer Haus= und Stubengenossen; kehrt ihr an dem rauschenden Gepränge weltlicher Freudentage vorüber heim zu dem schmerzenreichen Schauspiele euerer Dürftigkeit — da mag es vielleicht euch Mühe kosten, von euerem Herzen den grimmigen Neid, und von eueren Lippen die gräuliche Gottes= lästerung ferne zu halten. O ihr Armen in Christus dem Herrn! die Kirche hat einen glänzenden Palast aufgeführt, wo= hin sie euch auf den Sonntag einladet, wo sie euere Armuth unter den Schutz desjenigen stellt, der als ein armes Kindlein in der Krippe lag, wo sie am Fuße jenes Kreuzes, an dem der Herr nackt und sterbend gehangen, Trost in euere betrübte Seele gießt; dort leset ihr überall die Worte der göttlichen Freu= denbotschaft: „Selig die Armen! Selig die Leidenden!" — und durch den Schleier all der Herrlichkeiten des Hauses Gottes auf Erden erschaut euere hoffende Seele die Wonnege= nüsse, die euch im himmlischen Vaterhause zubereitet sind. Und so kehret ihr aus dem Tempel des Herrn zurück getröstet, gestärkt, Gott darum preisend, daß er die Armuth verherrlichet und ihr so große Dinge verheißen hat! — Ja, noch einmal — Gott will es so, herrlich, prachtvoll, Auge und Herz erfreuend soll der Gottesdienst gefeiert werden, damit ihr Trost habet in euerer Verlassenheit. In der Kirche werdet ihr schadlos gehalten für

die Freudenfeste der Welt; Jesu Christo zu Ehren, der demü=
thig und arm im Tabernakel unter uns weilet, und euch zu
Lieb', die ihr ja seine Lieblinge seid, sollen hier funkeln das
Gold und das Silber der heiligen Gefässe, glänzen die Seiden=
stoffe und Stickereien der priesterlichen Gewänder; hier sollt auch
ihr finden strahlende Leuchter und lichtreiche Lampen, hören ein
Concert harmonischer Töne und Stimmen, einathmen lieblichen
Wohlgeruch, und euere Augen ergötzen an dem sinnreichen Far=
benspiel der Fenster= und Wandgemälde — ja, euch zu Lieb'
ist dies alles da, für euch, o ihr Armen meines Gottes! Hier
seid ihr niemals fremd, dieses Haus unseres Herrn Jesus ist
auch euer Haus, euere Zuflucht, euere traute Heimat; hier habt
ihr vollberechtigt eueren Platz und niemand wird es euch wehren,
eueren Antheil zu nehmen am heiligen Worte des Herrn und
an seinen göttlichen Gnaden, einen Antheil, den euch niemand
streitig machen kann, gerade so, wie ihr auch draußen auf offe=
ner Heerstraße unbestrittenen Antheil habet an der Luft, die ihr
einathmet, und an dem Sonnenstrahle, der euch erwärmt. Ist
das nicht ein Zug der göttlichen Erbarmung, daß der Arme,
sonst überall hintangesetzt und nur gar zu oft im Vergleich zu
der Auge und Herz verletzenden Pracht der Reichen tief herab=
gewürdiget, dennoch am Sonntage ohne irgend welche derar=
tige Beschämung seinen berechtigten Theil bekömmt von seinem
Schöpfer und von den Reichthümern der Schöpfung, und sich
da von diesen sichtbaren Wundern erheben kann bis in die un=
sichtbare Welt des Glaubens und der Liebe?

Auch galt die Kirche von jeher als der Ort der Volksver=
sammlung im erhabensten Sinne dieses Wortes,*) so wie der
Sonntag für das Volk der Tag seiner Freuden und seines
Trostes ist.

V. Die Heiligung des Sonntags ist ein Gesetz der Freiheit.

Die zwei Worte „Gesetz" und „Freiheit" scheinen ein=
ander zu widersprechen, einander auszuschließen. Doch dem ist

---

*) Der hl. Johannes Chrysostomus sagt in Homil. 33 zu Matth.:
„Die Kirche ist das gemeinsame Haus für Alle. — Hier sind unsere
Schätze niedergelegt, hier ist unsere gemeinsame Hoffnung."

nicht so; im Sinn und Geiste des höchsten Gesetzgebers ist das heilige Sonntagsgebot eine Schutzwehr für die Freiheit des Menschen, jene Freiheit, die der Schöpfer dem Menschen verliehen, und den er durch die Erlösung aus der Knechtschaft des Irrthums und der Sünde errettet hat. Wenn ein gesammtes Volk an einem Wochentage von seinem gewöhnlichen Tagewerk ausruht und vor der Oberherrlichkeit Gottes anbetend sich in den Staub wirft, ist ein solches Schauspiel nicht der ausdrucksvollste Beweis, daß der Mensch unabhängig vom Menschen und Gott allein unterthan ist?

Jedes liberale, im wahren Sinne des Wortes freisinnige Gesetz ist ein den schwächeren Theil der Menschheit schützendes Gesetz; das Kind, das Weib, der Handwerker, das mit Trübsal und Mühen ringende Volk soll nicht den brutalen Anforderungen derjenigen preisgegeben werden, die ihm Taglohn und Brod geben. Würde Gott sich nicht zwischen der Selbstsucht des Besitzenden und der Selbstsucht des Nichtbesitzenden ins Mittel stellen, so müßte der Schwächere dem Stärkern bald zur Beute werden. Die glühende Gier, schnell reich zu werden, die furchtbare Concurrenz, die den Luxus zu immer höheren Begehrlichkeiten stachelt, und die nimmersatte, die immer mehr verlangende Gewinnsucht steuern mit allen Segeln darauf los, den Handwerker auszubeuten, ihn wie ein gemeines Werkzeug zur Bereicherung Anderer auszunutzen.

Verständige Fabrikanten, religiöse Gutsbesitzer und Werkmeister begreifen übrigens die Nützlichkeit der Sonntagsfeier ganz gut, und sehen wohl ein, daß der Sonntag gerade dadurch, daß er die Freiheit der Arbeiter begünstiget und schützt, auch der Ausgiebigkeit und dem Werthe der Arbeit förderlich ist. In der That, wie schwer versündigen sich jene Handwerksmeister, die ihre Angestellten, Gesellen und Lehrjungen auch am Sonntag noch zur Arbeit nöthigen! Ihr verurtheilt sie zu noch härtern Zwangsarbeiten, als welchen sich diejenigen zu unterziehen haben, welche das Criminalgericht als Verbrecher bestraft; in den Zuchthäusern und Schellenwerken wird doch der Sonntag gefeiert, aber in euern Werkstätten nimmt auch am Sonntage das Klopfen und Knarren kein Ende.

Und nicht nur mißbraucht ihr die Arbeitskraft eueres Nächsten, sondern ihr verletzet auch noch die Freiheit des Gewissens.

Der Handwerksmann hat einen Gott, und es wär' ihm zum Heile, wenn er ihn lieben und ihm dienen könnte, und ihr entfremdet ihn diesem seinem Gott, der ihm all' seine Kraft und all' sein Trost sein würde! Will er den Sonntag nicht entheiligen, so entzieht ihr ihm die Arbeit für die Woche, das heißt, ihr nehmt ihm auch das Brod, ihm und seinen Kindern! Ihr seid eben so arge Kirchenverfolger, als Julian der Abtrünnige einer war, ihr habet das boshafte Mittel erfunden, sein Herz auf die Tortur zu spannen und ihn zur Abläugnung seiner Religion zu zwingen.

Wir wissen wohl, was für eine Antwort man auf diese wichtige Freiheitsfrage bereit hält; man gibt vor, in unserer Zeit gebe es keine Ungebildete und Schwache mehr und unsere, die Gleichheit Aller begünstigenden, sozialen Einrichtungen lassen kaum mehr eine solche Unterscheidung zu, wie denn solches auch wirklich erst vor wenigen Tagen ein Zeitungsblatt in die Welt hinaus geschwatzt hat, sagend: „Man ruft immer das Interesse der Schwachen an und verlangt schützende Rücksicht auf die in der Gesellschaft Niedriggestellten. Heißt das aber nicht, die Vorurtheile einer vergangenen Zeit auf die Zustände der Gegenwart übertragen? Darf man denn in unserer Zeit noch von Schwachen und Niedriggestellten reden, während doch Alle Stimm- und Wahlrecht haben, Allen durch das unbeschränkte Vereins- und Associationsrecht das Mittel der Kraft in die Hände gelegt ist, um sich die ihnen wesentlich nothwendigen und nützlichen Kenntnisse unentgeltlich zu erwerben? Ist denn in unserer Zeit die gemeine Masse irgendwie daran behindert, ihre Ansprüche geltend zu machen und ihr Interesse sicher zu stellen? Es scheint uns, daß sie sich ganz gut darauf verstehe, sich vernehmen zu lassen, so zwar, daß es einer nicht geringen Anmaßung bedarf, sich zu ihrem Schutzredner und Vertheidiger aufwerfen zu wollen."*)

Wir läugnen nicht, daß die fortschreitende Kräftigung der Sittlichkeit und der sozialen Einrichtungen eine Schutzwehr sei für die Würde des Menschen, aber gestehen muß man dennoch, daß Vereine nicht schon als solche aus lauter Engeln oder unfehlbaren Menschen bestehen; die besten Gesetzgebungen und durchgeführtesten demokratischen Verfassungen sind gleichwohl

---

*) Journal de Genève, vom 3. Febr. 1869.

nicht immer im Stande, die Ausbeutung eines Menschen durch den andern zu verhüten; es wäre ein leichtes, inmitten dieser modernen Civilisation eine unerträgliche Thrannei mit Fingern zu kennzeichnen, einen empörenden Druck, den eine übermüthige und unersättliche Habsucht auf die arbeitenden Klassen ausübt.

Die gesetzgeberischen Repressiomittel reichen da nicht aus, denn Verschmitzten und Schlauen ist es ein leichtes, durch die Ritzen und Spalten des Strafgesetzbuches zu entschlüpfen und den Handwerker zu Zwangsarbeiten zu verdammen, ohne ihm einen Ehren= und Ruhetag übrig zu lassen.

Es gibt allerdings — Gott sei Dank! — auch noch Fabrikbesitzer und Handwerksmeister, die des gewichtigen Einflusses, den sie mit ihrem Vermögen und Ansehen auszuüben im Stande sind, ganz würdig sind; Ehre ihnen! Diese wissen allerdings wohl, daß der Meister an seinem Arbeiter, wenn er ihm die Erholungen des Sonntags gönnt, nebst Gottes Segen auch noch einen um so arbeitstüchtigeren und intelligenteren Gehülfen haben wird. Ein Reisender, der von Zeit zu Zeit stille steht, um wieder Athem zu schöpfen, kommt schneller an's Ziel, als derjenige, der in einemfort seines Weges geht. Man hat berechnet, daß ein Arbeiter, der täglich nur zwölf Stunden arbeitet, eben so viel und dazu noch bessere Arbeit liefert, als ein anderer, der täglich vierzehn Stunden arbeitet. Man hat wohl auch schon gesagt, die Maschinen machen den Menschen stumpfsinnig, so daß er sich kaum mehr von einem Rad oder Wendelbaum unterscheide. Dem ist aber doch nicht ganz so; wenigstens sind es doch meistens die Arbeiter, welche die Maschine vervollkommnen. Aber so viel ist gewiß, was den Arbeiter stumpfsinnig macht, das ist die Entheiligung des Sonntags. Wollt ihr geschickte Arbeiter haben, so gönnet ihnen einen Tag der Muße zur Bildung ihres Kunstsinnes und zur Aneignung nützlicher Kenntnisse.

Ach — daß ich es sagen muß: wie oft schon mußten wir mit betrübtem Herzen Zeugen des beklagenswerthen Schauspieles werden, daß Familienväter kummervoll und mit Thränen in den Augen es uns klagten, wie man sie unter Verlust des täglichen Brodes für ihre Familien am Sonntag zur Arbeit nöthige; man läßt ihnen keine andere Wahl, als entweder ihr Gewissen zu verletzen, oder ihre Anstellung zu verlieren. Und so muß sich denn der Arbeiter wie ein Sklave an die Werkstatt angekettet sehen zur nämlichen Zeit, in welcher er in den festlich geschmückten Hallen der Kirche erscheinen sollte, um dort Licht für seinen Geist und Trost und Freude für sein Herz aus den Quellen der Erlösung zu schöpfen. Mit eigenen Augen haben wir es auch schon oft gesehen, daß Kinder von fünfzehn Jahren, wollten sie nicht den sehr bescheidenen und zu ihrem Unterhalt nöthigen Wochenlohn verlieren, Landarbeit treiben mußten auch noch an dem Tage, an welchem sie Gott hätten anbeten sollen, der allein ihre Jugend erfreuen kann.

Ist es denn nicht himmelschreiend, dem Gewissen des Armen und dem Glauben des Volkes Gewalt anzuthun und sie an der Ausübung ihrer Religion zu verhindern! Und dennoch legt man es oft in Manufacturen und Magazinen mit boshafter Geflissentlichkeit darauf an, daß die Arbeiten so lange fortgesetzt werden müssen, bis die Zeit zum Besuche des öffentlichen Gottesdienstes vorüber ist, damit ja von da an die Arbeiter freie Zeit zu allem Bösen bekommen, nachdem man sie ihnen zur Uebung des Guten entzogen hat.

Selbst Proudhon, der doch bekanntlich bei den Sozialisten in gutem Geruche steht, spricht diesfalls ein wahres und kräftiges Wort, er sagt: O wie erbärmlich kommen mir alle jene herzlosen Schönschwätzer vor, jene Volksfreunde, jene Freunde der arbeitenden Klasse, jene Freunde der Menschheit, jene Philanthropen jeglichen Kalibers, welche ganz gemächlich im Schooße ihres süßen Nichtsthuns über die Leiden ihrer Mitmenschen Betrachtungen anstellen und den Armen bedauern, daß er nur sechs Tage in der Woche arbeiten und daher zu wenig verdienen könne, und die dann auf keinen andern Schluß kommen, als: Man solle nicht faulenzen, sondern arbeiten ... Wollte Gott, daß dieser Tag (der Sonntag) auch noch von uns so gefeiert würde, wie er einst von unsern Vätern ist gefeiert worden!

Und jetzt noch ein Wort. Haltet ihr es für unthunlich und wohl gar für freiheitsgefährlich, die Heiligung des Sonntags durch die Mittel menschlicher Gesetzgebung und mit Polizeigewalt aufrecht zu erhalten; nun so wenden wir uns an das Gewissen jedes Einzelnen, an die Männer von Einfluß, an die Familienväter, an alle jene Männer, die es mit den hochwich-

tigen, die Verbesserung der sozialen Zustände des Volkes betref=
fenden Fragen ernst nehmen, und richten an sie die dringende
Bitte, sich in achtunggebietenden und freien Vereinen zusammen=
zuthun, auf die öffentliche Meinung und auf die öffentliche Sitte
bestimmend und veredelnd einzuwirken und mit der Vollkraft ihrer
Ueberzeugung den Geboten Gottes und der allem Volke heilsamen
Sonntagsruhe Rechtskraft und Geltung zu verschaffen.

Ja, reichen wir alle einander die Hand, und frischen wir
in den Geistern und Herzen und im öffentlichen Leben wieder
jene Hochachtung auf, die wir der ehrwürdigen und allgemeinen
Institution des Gott geheiligten Tages schuldig sind; gewiß,
damit leisten wir etwas Großes für die wahre Freiheit des
Volkes, wir wahren und vertheidigen dadurch die heiligsten Erb=
güter eines Volkes, das unveräußerliche Anrecht des Geistes und
Herzens und die Freiheit seines Glaubens gegen eine himmel=
schreiende Unterdrückung und gegen die schwindelhaften Begehr=
lichkeiten einer unersättlichen Habsucht.

Nein, lassen wir es nicht bei leeren Phrasen und prunken=
den Reden für die Wohlfahrt der arbeitenden Klassen bewenden,
sondern gehen wir alles Ernstes darauf ein, die öffentliche Mei=
nung mit christlichen Grundsätzen und mit religiösen Gefühlen
so zu durchdringen, daß der Tag des Herrn wieder heiliger,
denn je bisher, gehalten und so den unersättlichen Anforderungen
des Geldes und der Tyrannei einer schmutzigen Gewinnsucht
allwochentlich ein heilsamer Zügel straff angelegt werde.

O ja — das göttliche Gesetz war, ist und bleibt immer
das die Würde des Menschen schützende Gesetz! Ja, o Herr!
Du hast uns frei und zur Freiheit geschaffen, und noch immer
ist's in deine Hand gegeben, unsere Freiheit zu vertheidigen,
unter deinen Schutz ist noch immer, wie unser heilige Glaube,
so auch die Ehre des Armen und des Waisen gestellt! „Dir
ist überlassen der Arme; dem Waisen bist du Helfer."
(Psalm 10. 14.)

VI. Die Heiligung des Sonntags ist ein Gesetz der Civilisation.

Der Sonntag ist göttlichen Ursprungs und keineswegs
bloß das Ergebniß menschlichen Urtheils und menschlichen Wissens;

er gehört wesentlich in's Gebiet des Glaubens. Die Heiligung des Sonntags ist ein Grundgesetz, ein positives, ein ausdrücklich von Gott gegebenes Gebot. Schon im Urbeginne der Welt angekündigt und später von dem flammenden Sinai herab feierlich ausgerufen, kömmt dieser Befehl von Gott und wurde dem Menschen unter Androhung schwerer Strafgerichte eingeschärft; er ist eine der Grundbestimmungen der gesammten für die ganze Welt erlassenen sozialen und religiösen Gesetzgebung. Mag nun auch die Leuchte dieses Gesetzes von den übermüthigen Gewalthabern dieser Welt verachtet werden, wie die Schrift sagt (Job. 12, 5): „eine Lampe, verachtet in den Gedanken der Reichen"; es ist darum nichts desto weniger ein authentischer Akt der Allmacht und Oberherrlichkeit Gottes; abgesehen von allen unsern philosophischen Forschungen ist dasselbe die weltkundige Bestätigung des unveräußerlichen Rechtes, das dem Schöpfer und Erlöser der Welt, wie über jeden einzelnen Menschen, so auch über die Familie und das öffentliche Leben der Völker zusteht. Indessen mag es zumal in unserer Zeit, in welcher Jeder sich berufen glaubt, über Religion und über religiöse Angelegenheiten sein Urtheil abzugeben, nicht überflüßig sein, auch noch die Weisheit dieses Gesetzes, seine Uebereinstimmung mit den Arbeitskräften des Menschen, und seinen fördernden Einfluß auf die öffentliche Wohlfahrt in Betracht zu ziehen.

Gott, der Urheber des Menschen, der Baumeister der Welt, der alle Dinge nach Zahl und Maaß geordnet hat, wollte in seiner Alles übertreffenden Weisheit hinieden unsere gläubige Lernwilligkeit belohnen, unserem kindlichen und vertrauensvollen Gehorsam es überlassen, das geheimnißvolle, aber unfehlbar wirksame Mittel aufzufinden, durch welches das Glück des Einzelnen und die Wohlfahrt eines gesammten Volkes gesichert werden kann. Es könnte daher auch Niemanden auffallen, wenn die Wissenschaft, die Gesundheits- und Heilkunde auch nicht bei dem Resultate angelangt wäre, dem wohlthuenden Einflusse dieses religiösen Gebotes auf die Gesundheit des Menschen Zeugniß zu geben; denn es ist eine unbestrittene Thatsache, daß die Entheiligung des Sonntags auch für die leibliche Gesundheit verderblich ist. Die Kraft des Menschen, und selbst die der Thiere, die ihm bei der Arbeit behülflich sind, hat ihre Grenzen. Chateaubriand sagt in seinen „Schönheiten des Christenthums" (IV. Th.

I. Bd. IV. Kap.): „Man weiß nun aus Erfahrung, daß dem Ruhetage der fünfte Tag zu nahe, der zehnte Tag aber allzu ferne steht. Die Schreckensregierung, die doch in Frankreich allmächtig war, brachte es dennoch nicht dahin, daß der Bauer zehn Tage nach einander, die ganze Decade, arbeitete, weil eben die Arbeitskraft des Menschen, und auch, wie man das wohl sehen konnte, die des Thieres für eine dermaßen ununterbrochene Arbeit nicht ausreicht. Der Ochs kann nicht neun Tage nach einander den Pflug ziehen; am Abende des sechsten brüllt er und verlangt so, wie es scheint, auch seinen Antheil an den Stunden der Ruhe, die der Schöpfer für die gesammte Natur festgesetzt hat."

In einem bemerkenswerthen dem englischen Parlamente abgestatteten Berichte sagt Dr. Farre (Archives du Christianisme, 1833, pag. 108), ein in der gelehrten Welt mit Recht gefeierter Name: „Der Mensch, seiner Natur nach höher stehend, als das Thier, hat allerdings auch für eine außerordentliche Anstrengung noch Kraft in der Energie seines Willens, und der schädliche Einfluß, der eine übermäßige und langandauernde Anstrengung auf seine Leibeskonstitution ausübt, zeigt sich nicht so schnell, wie beim Thiere; dafür aber erliegt er derselben endlich doch um so plötzlicher; er kürzt sich das Leben ab, und entzieht sich für das Greisenalter jene Lebensfrische, die er sich doch mit möglichster Sorgfalt erhalten sollte. Die Sonntagsfeier muß also nicht nur als ein göttliches Gebot, sondern auch als ein Naturgesetz Nachachtung finden, sie ist nicht nur eine religiöse, sondern auch eine natürliche Pflicht, wofern nämlich die Erhaltung des Lebens eine Pflicht ist, und, wer seine Gesundheit vor der Zeit ruinirt, sich des Selbstmordes schuldig macht. Ich rede da nur als Arzt, und befasse mich diesfalls durchaus nicht mit einer theologischen Frage. Faßt man jedoch hiebei auch noch den Einfluß des wahren Christenthums in's Auge, so überzeugt man sich bald, daß hierin eine neue Quelle sich öffnet zur Kräftigung des Geistes, und mittelst des Geistes auch zur Fristung und Stärkung der leiblichen Kraft. Die heilige Sonntagsruhe ergießt in den Menschen ein neues und erneuerndes Lebensprincip. Sie ist nothwendig für Alle."

Wenn demnach die Heiligung des Sonntags das erhaltende Princip für die Gesundheit des Volkes und für die Kräftigkeit der Geschlechter ist, so darf man auch behaupten, daß das Gebot der Sonntagsfeier eben dadurch, daß es die Mächtigkeit der Quellen der Produktion erhaltet und mehrt, auch ein mächtiges und fruchtbares Mittel zur Förderung industrieller Errungenschaften wird. Ein Mann, dessen Namen Alle, die sozialistischen Umgestaltungen das Wort reden, sich auf die Fahne geschrieben, Proudhon, hat folgende Stelle niedergeschrieben, in welcher mit lakonischer Kürze eine allerdings beachtenswerthe ökonomische Wahrheit ausgesprochen ist: „Die Sonntagsruhe ist die Erzeugerin der Kraft und die Gehülfin der Arbeit."*)

Diesem Worte schließen sich noch andere unabweisbare Zeugnisse an; wir berufen uns auf Namen, die des Katholizismus keineswegs verdächtig sind. Unter Andern sagt auch Macolay: „Wäre der Sonntag nicht als ein Tag der Ruhe gefeiert worden, und hätte man der Hacke und Schaufel, dem Ambos und Webstuhl auch an diesem Tage während der letzten drei Jahrhunderte keine Ruhe gelassen, so hege ich nicht den mindesten Zweifel, wir wären jetzt ein ärmeres und weniger gebildetes Volk." Und das ist nur ganz gewiß; ein Volk wächst an und erstarkt in dem Grade, als seine Gesundheit geschont und sein Gewerbsfleiß entwickelt wird; dennoch lebt es nicht vom Brode allein, sondern es lebt von seinem religiösen Glauben und von seiner christlichen Tugend. Seine Civilisation wäre weiter nichts, als ein mit gleißendem Firniß übertünchter Abgrund, wenn ihm für seine materiellen Gelüsten nicht ein Gegengewicht zu Gebote stünde.

Ein Volk das die zwei großen für jede Verfassung und staatliche Ordnung unerläßlichen Gesetze, wir meinen die Achtung vor der geistlichen und weltlichen Obrigkeit und die gesellschaftbildende brüderliche Liebe, nicht mehr respektirt und befolgt, wird bald an tödtlichen Wunden verbluten; die Verachtung und der Haß geben ihm den Todesstoß.

Die Religion, dieses heilige Band, das des Menschen Gewissen an Gott verknüpft, die seinen Geist mit dem himmlischen Lichte des ewigen Wortes erleuchtet und ihm die wunderbare Kraft heiliger Liebe in's Herz gießt, sie verliert bald alle Kraft

---

*) Diese zwei Citate habe ich einer trefflichen, erst neulich in Genf erschienenen Broschüre entlehnt; sie hat den Titel: Le repos du Dimanche devant la presse.

38

auf jene Volksmassen, deren Sinn nur noch auf Zerstörung und
Genuß geht und deren Wissen und Können sich nur mehr im
Verachten und Hassen kundgibt!

Wenn die Gesetze Gottes und die ihm schuldige Ehrfurcht
und Liebe verkannt, wenn die heiligen Glaubenslehren, wenn
die ehrwürdigen gottesdienstlichen Gebräuche dem rohen Gespötte
und dem empörendsten Hohngelächter des Volkes preisgegeben
werden, wer und was kann ihm dann noch Achtung einflößen?
Kein Ehrenmann und keine, auch die ehrwürdigste Institution,
wird mehr sicher sein vor Verachtung und Verhöhnung, sobald
einmal Gott und seine Werke und Gesetze öffentlich, ungeahndet
und ungestraft beschimpft und verlästert werden dürfen.

Ein wahrhaft gebildetes, civilisirtes Volk ist kein Agglo-
morat von neben einander hingewürfelten Individualitäten, die
einander stoßen, zerreißen, bekämpfen; nein, Einigung der Kräfte,
Gemeinsamkeit der Grundsätze, aufrichtige Eintracht der Herzen
Aller — die sind es, die ein Volk von Stufe zu Stufe zur
wahren Aufklärung und zur wahren Wohlfahrt emporführen.

Gehen wir der Sache auf den Grund und fragen wir:
Sind Politik, Industrie und Kunst für sich allein schon im
Stande, die Menschen einander nahe zu bringen, sie mit einander zu vereinigen? Man sagt dem Volke Gemeindeversamm-
lungen an zur Wahl seiner Repräsentanten, man ladet es ein
in die Schulen, zu wissenschaftlichen und litterarischen Vereinen;
aber glaubt man denn wirklich, man könne den heiligen Lehrstuhl des Evangeliums mit einer nicht heiligen und nur weltlichen Rednerbühne ersetzen, versöhnen und beschwichtigen die
Leidenschaften mit einigen Gemeinsprüchen und Schlagwörtern,
und die dem Gesetze schuldige Unterwürfigkeit und die Ehre der
Familien und den sichern Bestand des Staates aufrecht erhalten
mit glücklichen Handelsspeculationen, politischen Agitationen und
gelehrten Turniren? Das Volk muß seine Versammlungen haben, sie sind ihm ein wahres Bedürfniß; denn mit durchsichtiger
Offenheit hat man es gesagt: Wer das Volk versammelt,
der weckt und regt es auf!

Nun sind es dreierlei Zufluchtsorte, die einander das Recht
streitig machen, das Volk unter ihr Dach zu bringen: das Wirths-
haus, die geheime Gesellschaft, und die Kirche.

Verweigert ihr ihm die Freiheit des Sonntags, so gibt es

sich der Ausgelassenheit des blauen Montags hin; es eilt hin und ruinirt die Gesundheit des Leibes und schändet die Würde der Seele in schmachvollen wöchentlich wiederkehrenden Orgien; aus dem Taumelbecher seiner Religionslosigkeit sauft es den Schweiß seiner Arbeit, die Thränen der Gattin und die Zukunft seiner Kinder. Der Mann, der Vater — vom Weine erhitzt, berauscht, taumelnd kehrt er heim in seine Dachkammer, seine Familie empfängt ihn mit Schrecken, sie schämt sich für seine väterliche Würde, die sich hier nur noch in der brutalen Rohheit seiner Worte und in der Herabwürdigung seines Lebens darstellt. Lasset also nur solche betrübende Schauspiele in einer Stadt von Woche zu Woche sich mehren; dann kann es nicht fehlen, die Kinder wachsen unter solch gräulichen Szenen auf, ihr Auge gewöhnt sich an sie, und sie bekommen vom Familienleben keine andere Vorstellung, als wie sie sich ihnen in den Thränen der Mutter und in der Schändung der väterlichen Würde abspiegelt; Wort und Beispiel lehren sie nach Sinnengenuß zu lechzen und über alles sich mit Verachtung hinwegzusetzen. Diese Schule der Ver= achtung findet aber noch von anderswoher Unterstützung; die elegante, gemäßigte Presse, dann das schon nicht mehr so feine, das gemeiner und pöbelhafter redende Blatt, jetzt das alles ver= höhnende Pamphlet, und dann die Broschüre voll frechen Spottes, zu diesen auch noch das Beifallsgelächter, mit dem die Verhöh= nung alles Heiligen angehört wird, und endlich die ganze Fluth von Verläumdungen und Lästerungen vereinigen sich zu einem Sturme, der auch noch die letzte Spur von Achtung wegfegt. Das Volk fällt dem zu, der es anredet; hört es nur noch die Worte des Spottes und der Verachtung, so wird es sich bald in seinem Zorne erheben und die gebrechliche Schutzwehr der sozialen Ordnung hohnlachend niederreißen. Man hat es ja von Kindheit auf durch die Entheiligung des Sonntags gelehrt, das göttliche Eigenthum zu verachten, denn dieser Tag gehört ja dem Herrn. Man hat es gelehrt, die Freude der Familie zu stören; warum sollte es denn noch Neigung haben, das Eigen= thum des Menschen, nach dem es lüstern ist, und eine Gesell= schaft zu respektiren, von der es zur Arbeit gezwungen wird. Gewiß, der Sonntag ist die große Schule der Achtung für alles, was ehrwürdig ist, er ist also die sicherste Schutzwehr für die wahre Größe und Wohlfahrt eines Volkes.

Die Brüderlichkeit und Solidarität der Menschen, dieses zweite Element des gesellschaftlichen Lebens, ist nicht die Frucht prunkvoller Deklamationen; was Geister und Herzen mit einander vereiniget, das ist die Kirche, die Ecclesia, d. h. „die Versammlung" im wahrsten und erhabensten Sinne dieses Wortes. Der Sonntag ruft alle Stände zusammen, an die Seelen richtet er seine Einladung; Reich und Arm finden sich da zusammen vor Gottes Angesicht. Vom Altare des allerheiligsten Opfers geht Mahnung, Antrieb und Begeisterung aus zu hochherziger Hinopferung für das Heil der Mitmenschen, und der im allerheiligsten Altarsgeheimnisse gegenwärtige Gottmensch knüpfet das Band der Liebe, mit dem er in der heiligen Kommunion, in dieser Gemeinschaft Aller mit Allen, Alle mit sich und dadurch Alle mit einander vereiniget. Auf allen andern Wegen durch dieses Leben hin sind die Menschen gegen einander in irgendwelchem Kampfe begriffen und sie treten wohl selten einander unter die Augen, daß nicht die Eifersucht unter ihnen rege wird; der Sonntag hingegen löscht diese betrübenden Eifersüchteleien aus, die Stimmen Aller verbrüdern sich da mit einander und vereinigen sich in der Bitte: „Vater unser, der du bist in dem Himmel! zukomme uns dein Reich!" Wo immer wir uns umsehen, nirgends entdecken wir ein zuverläßig wirksames Mittel, diesen Keim der Auflösung, dieses tödtliche Gift der Eifersucht und Zwietracht aus dem sozialen Leben der Menschen zu entfernen; der Sonntag allein ist das kräftige Bindemittel, das ihre Herzen harmonisch mit einander versöhnet und vereiniget. Das Klubwesen, die im Schatten schmeichelnde Versammlung, die geheime Gesellschaft, die Freimaurerei, diese schuldbeladene unter der Erde fortwühlende Nachäfferei der christlichen Kirche, versucht sich zwar auch in einem Cult und in einer Bruderliebe, aber dieser Cult ist nur eine lächerliche Grimasse und diese Bruderliebe nur eine falsche Münze. Ihre Geheimnisse sind entlarvt, ihre Pläne liegen nackt zu Tage und alle ihre Erfolge haben nur dazu geführt, die tiefklaffende Wunde des modernen Staates — den Pauperismus bloßzulegen. Im Schooße der Völker bekämpfen das Kapital und die Arbeit einander auf Leben und Tod; die großen Städte zumal sind von einem Kriege, der furchtbarer, als boß ein Bürgerkrieg ist, bedroht; die Heersäulen stellen sich in Schlachtordnung auf, und die sozialistischen Kongresse sind, was jene am Horizont aufzuckenden Blitze, die das heranrückende Ungewitter ankünden. Mitten in seinem Reichthum hat Europa keine Ruhe, keinen Frieden; von der göttlichen Offenbarung und Hülfe sich lossagend, hat es sich auf seine eigenen Füße gestellt und was wird nun das letzte Wort aller seiner Fortschritte sein? Antwort: die Brüderlichkeit und Kameradschaftlichkeit der Artillerie! Gott im Himmel lacht über diese moderne Philanthropie.

Gewiß niemanden mehr, denn uns, liegt das heilige Recht des Arbeiters und die Besserung seiner sozialen Zustände am Herzen; aber eben darum müssen wir ihm die elenden Schmeichler kennzeichnen, die ihm mit verführerischem Gerede die Ohren betäuben. Wo das heilige Evangelium nicht mehr gehört und befolgt, wo an den Gottmenschen und Heiland der Welt nicht mehr geglaubt wird, dort ist auch der Sohn der Arbeit zu nichts besserem mehr da, als, nachdem man seine Arbeitskraft ausgebeutet hat, ihn noch als ein Werkzeug der Auflehnung und Empörung auszunutzen; und dort wird auch der Reiche auf nichts besseres sinnen, als wie er, alle Gesetze listig umgehend, durch die Unterdrückung Anderer am schnellesten reich und immer reicher werden könne. Der Sonntag allein weiset die Genuß- und Habsucht in ihre Schranken zurück und legt dem Ehrgeize Zaum und Zügel an. Es ist der Welt durchaus keine andere Wahl gelassen, sie muß sich entscheiden entweder für die Kirche, die das Volk zu der erhabenen Würde eines Miterben Christi erhebt, oder dann für die Freimaurerloge, die dasselbe zum Werkzeuge der Verschwörung und zum Handlanger eines glühenden Hasses und einer blutigen Rache erniedriget.

Die grundverderblichen Folgen der Entheiligung des Sonntags machen sich bald fühlbar; muß an diesem Tage der Leib auf die ihm nöthige Ruhe verzichten, so wird auch der Seele das ihr unentbehrliche geistige Brod nicht mehr gebrochen, die Vernunft und der Glaube des Volkes sind den trugvollsten Einflüsterungen und den Liebe und Wohlwollen heuchelnden Irrlehren schutzlos preisgegeben. Mit alltäglichem Kraftaufwande streut die Presse ihre ruchlose Saat in alle Häuser bis in die dunkelste Dachkammer hinauf mit vollen Händen aus, Tagblätter und Broschüren, in welchen der schmutzigste Sinnengenuß theoretisch vertheidiget und aufgeputzt und die Verachtung alles Heiligen sogar als eine Pflicht dargestellt erscheint. Ja, wahrlich! da bietet allein der Sonntag noch der verwirrten Vernunft und den entfesselten Leidenschaften sein heilsames Gegengewicht — der Sonntag mit seinem öffentlichen, gemeinsamen, so herrlichen Gottesdienst, mit dem hochheiligen eucharistischen Opfer, mit der Verkündigung der geoffenbarten und von Jahrhundert zu Jahrhundert überlieferten göttlichen Wahrheit; ja, das sind die noch einzig festen Dämme, an der sich die steigende Fluth der Anarchie bricht, die sonst Alles zu verschlingen droht.

Oder man sage uns doch, wer sonst kann und wird uns die allein richtige, die christliche Ansicht vom Reichthum vermitteln? Wer läßt durch die Adern des sozialen Organismus jenen evangelischen Sinn pulsiren, der ihn stark macht zur Geduld im Leiden und zum Fleiße bei der Arbeit? Wer vermag die Erhebung des Gemüthes zu Gott und ewigen Dingen und die Hoffnung und Sehnsucht des Christen nach überirdischen und unvergänglichen Gütern mit dem rechtmäßigen Besitze materieller Güter und mit der Sorge für zeitliche Wohlfahrt in Einklang zu bringen? Ist es nicht wirklich der Sonntag, der uns das Geheimniß lehrt, wie wir den Himmel gewinnen, und der uns die Kraft verleiht, daß wir die Pflichten, die wir auch für unsere zeitliche Wohlfahrt haben, erfüllen können?

Ein weltlicher Schriftsteller sagt: Wir sind es gewohnt, so recht prosaisch und bürgerlich zu urtheilen; wir wägen und messen Sachen und Zustände, Nationen und Volksklassen, wie wir etwa die Steinkohle nach Pfunden wägen, oder Kleidungsstoffe am Ellenstab messen. . . . Ein Mensch hat nur einen produktiven und kommerziellen Werth . . . Nach unserer Anschauungsweise ist das die erste Nation der Welt, die am meisten fabrizirt und am meisten verkauft; und dennoch — fügt er bei — gibt es etwas, das noch höher steht, als alle Ehren des Reichthums und der Macht — ich meine die Seele, wenn sie, von den Grundsätzen des Evangeliums durchdrungen, das Ideal der Uneigennützigkeit, der Selbsthinopferung und der thatkräftigen Heiligkeit anstrebt." (E. Montégut, Revue des Deux Mondes, Juni 1865.)

Werfen wir einen Blick über's Meer hinüber, und sehen wir, wessen ein Volk auch unter dem schwersten Drucke seines Unglücks und seiner Armuth fähig ist, wenn es sonst kaum eine andere Bildung erhält, als die ihm die Heiligung des Sonntags gewährt; welch eine Widerstandskraft setzen diese gewissenhaften und unerschütterlichen Katholiken den Lockungen zur Empörung und den Aufreizungen seitens der geheimen Gesellschaften entgegen. Die Heiligung des Sonntags war und ist das Heil für ihre socialen Zustände. — Dieses dem Unglücke geweihte und dem Hungertod preisgegebene Volk fühlt sich doch immer noch kräftig genug, laut Gott für die Gnade zu preisen, daß er es als einen Sohn der katholischen Kirche hat geboren werden lassen, und gegenüber denjenigen, von denen es beherrscht und bedrängt ist, schätzt es sich weit glücklicher und größer als sie, indem es „die Schmach Christi für größern Reichthum achtet, als alle Schätze Aegyptens." (Hebr. 11, 26.)

Ja, sie haben die ewige Vergeltung im Auge. Will man sie zu glühendem Zorn und unversöhnlichem Haß aufstacheln und macht man sie, die dürftig mit Lumpen Bedeckten, aufmerksam auf die Pracht und den glänzenden Prunk ihrer Dränger, was haben die hochherzigen Christen Irlands darauf für eine Antwort? Sie sagen: Gott sei Lob und Dank! Gott sieht sie und uns; sie haben ihren Lohn und Himmel auf Erden, wir werden den unsern in der Ewigkeit erhalten!

Eine Scene, die sich unmöglich in Worten würdig beschreiben läßt, mag uns dessen ein Beispiel sein. Einen Greisen von 84 und dessen Weib im Alter von 74 Jahren hatte man aus ihrer verwitterten Hütte verdrängt. Das hochbetagte Ehepaar weinte und schluchzte. Ach! — jammerte das arme Weib — so soll ich denn in meinen alten Tagen obdachlos in die weite Welt hinaus, und hab' ich doch niemals Jemanden ein Leid gethan, oft sogar Arme und Unglückliche unter das Dach genommen! Was hab' ich denn verbrochen, wie hab' ich das verdient? — Da rief ihr der Greis die Worte zu: „Ach, meine Liebe! schweig' doch; das Leiden und das Sterben Jesu Christi war ja doch weit bitterer, als alles, was wir da zu leiden haben!" — In einer ähnlichen Prüfung sprach ein Irländer ein ebenso hochherziges Wort. Er weigerte sich die Hütte zu verlassen, welche die Polizeidiener ihm zerstören wollten, — denn es ist ja seine Hütte, mit seinen Händen hatte er sie aufgeführt, warum soll er nicht darin bleiben und darin sterben dürfen? Man führt ihn mit Gewalt hinaus und er muß gefesselt zusehen, wie sein baufälliges Häuschen unter den wuchtigen Schlägen der

Eisenstangen einstürzt. Da rief ihm sein Weib zu: „Muth gefaßt! Gott sei Dank! sie können uns einst doch nicht aus dem Himmel hinausjagen!" — Es ist das freilich nur das Wort eines armen Weibes; dennoch bricht durch dieses heldenmüthige Wort ein herrlicher Lichtstrahl wahrer Civilisation hervor; denn die gegenseitige Achtung, die Opferwilligkeit und die wahrhaft brü= derliche Liebe sind und bleiben der beste Reichthum eines Volkes.

Sind diese Tugenden überall nothwendig, so sind sie das doch ganz besonders in einem demokratischen Freistaate, denn Bürger kräftigen Geistes und hochherzigen Sinnes machen sein Glück! aber eben daher sehen wir nicht ein, was es unserm Vaterlande für ein Glück bringen könnte, wenn die Quellen der Religion immer spärlicher fließen müßten, da doch gerade aus diesen allein das Volk die Kraft zur großmüthigsten Selbstver= läugnung und zur hochherzigsten Liebe und Hinopferung für's Vaterland schöpfen kann. Ein Volk, das nicht mehr zur Kirche geht, in dessen Augen ist die Werkstatt bald nur noch ein Kerker; durch die Eisengitter des verwünschten Arbeitshauses hindurch kann es den Reichen und seinen Luxus nur noch mit Verachtung und sein Wohlleben und sein Geld nur noch mit dem glühenden Wunsche ansehen, davon auch seinen Theil zu erhaschen.

Doch, geliebteste Brüder! warum halten wir uns noch länger bei solchen bloß menschlichen Erwägungsgründen auf? Erheben wir unsere Gedanken und Herzen und suchen wir über all' diesen sozialen Vortheilen, die die Heiligung des Sonntags einbringt, den Segen Gottes zu erkennen, welcher denjenigen aufbehalten ist, die seine Festtage heilig halten. Ohne Zweifel ist es die gewissenhafte Heiligung des Gott geweihten Tages, die dem Volke eine allgemeine Freude schafft, und es ist wahr, was selbst ein J. J. Rousseau, dessen Worte wir hier anführen wollen, gesagt hat: Gebt und gönnet dem Volke Feiertage; denn das Volk muß nicht nur Zeit haben, sein Brod zu essen, sondern es muß auch die Zeit haben, es mit Freude zu essen; Tage, die so verloren gehen, finden um so reichlichern Ersatz durch die darauf folgenden Werktage. Ja, am Sonntage heitert sich die düsterernste Stirne des Vaters zum heitern Lächeln auf, und die Mutter hat mildere Gedanken und süßere Worte, und die Kinder sind noch um einmal fröhlicher und liebreizender; die Erzählungen der Greise werden mit lauschendem Ohre angehört, die heiligen Evangelien und das Leben der Heiligen mit frommer Rührung gelesen; in dem Pfarrgottesdienste am Vormittag und in der Vesper Nachmittags haben Alle das gleiche Wort vernommen, das nämliche Gebet verrichtet, an den Stufen des nämlichen Altares sich auf die Kniee geworfen.

Ja, der Festtag wird gefeiert in der Kirche, gefeiert im Herzen, gefeiert am häuslichen Heerde. Glücklich die Familien, die sich in den reinen Freuden des Glaubens erlustigen! „Selig das Volk, das so zu jubeln versteht; . . . der Herr ist sein Gott." (Psalm 88.)

Wie aber der gewissenhaften Heiligung des Sonntags trostreiche Verheißungen gegeben, ein reicher Segen zu Theil wird, so ziehen auch die, welche diesen Gott geheiligten Tag entweihen, einen furchtbaren Fluch über sich herab. Für öffentliche Vergehen für die Sünden eines ganzen Volkes hat der Herr auch öffentliche, allgemeine, ganze Völker schlagende Züchtigungen in Bereitschaft.

Und die Worte des Allmächtigen sind keine leeren und wirkungslosen Drohungen; die Welt altert wie ein Gewand, aber die Wahrheit bleibt ewig.

„Wenn die Söhne meines Volkes mein Gesetz verlassen und nicht wandeln in meinen Rechten; wenn sie meine Satzungen entheiligen und meine Gebote nicht halten: so werd' ich heimsuchen mit der Ruthe ihre Missethaten, und mit Schlägen ihre Sünden." (Psalm 88. 31—33.)

Euch, meine vielgeliebten Brüder! euch gebe ich das tröstliche Zeugniß, daß ihr dieses Gesetz des Herrn mit gewissenhafter Treue beobachtet; trotz den frechen Uebertretungen, die uns noch das Herz betrüben, kennen die Katholiken zu Stadt und Land noch ihren Kirchweg; sie gehen hin, um durch ihre fromme Theilnahme an den gottesdienstlichen Feierlichkeiten ihren Muth zu stärken und ihren Glauben zu beleben; die Familien sind noch christlich und wollen es bleiben; sie widerstehen der Gleichgültigkeit, der Sorglosigkeit, den Lockungen sündiger Begierlichkeit; wie einst die Stämme des israelitischen Volkes, so lassen auch sie die Arbeit ruhen und wallen empor zum heiligen Tempel, um dort das Lob des Herrn zu verkünden; sie lassen sich davon nicht abwendig machen, weder durch betrübende Beispiele, noch durch thörichte Menschenfurcht.

Die Katholiken dürfen sich da keiner Täuschung hingeben; wo es die Rettung ihres Glaubens und die Vertheidigung ihres Rechtes gilt, da können sie nur noch auf Gott und auf sich selbst zählen.

Die Staatsgesetze leisten ihnen keine Hülfe, sind ihnen oft sogar nur ein Hemmniß; die im Schwange gehenden Zeitbegriffe, die öffentliche Meinung hat es darauf abgesehen, sie unpopulär zu machen. Doch diese neue Lage soll uns weder erschrecken, noch entmuthigen; im Gegentheile, Leiden und Kämpfe sollen uns nur in der Hoffnung bestärken und unser Trost sein. Noch allen großartigen Manifestationen der christkatholischen Wahrheit sind als deren Veranlassung ungeheuere Irrthümer und frech auftretende Frevel vorangegangen; fürchten wir uns darum nicht, wenn dieselben auch jetzt wieder so trotzig das Haupt erheben; wir sollen sie vielmehr als die tröstlichen Vorboten von der Morgenröthe des bald anbrechenden Tages begrüßen, an dem die Völker sich wieder mit Mund und Herz zu der Einen wahren Religion bekennen. Gewaltige, erschütternde Ereignisse, die über den Erdball dahineilen, lockern oft nur das Erdreich auf und ziehen die Furchen, in welche Gott für die Seelen den fruchtbaren Samen ihres Heiles und ihrer Auferstehung wirft.

Die Gleichgültigkeit ist ein Schlaf, der der Bruder und Vorbote des Todes ist; besser fürwahr sind erschütternde Ereignisse und mächtige Kämpfe, welche alle Geister und Herzen in Spannung und Bewegung setzen und ihnen den schmutzigen Geldwucher und die üppigen Freudengenüsse auf lange, auf immer verleiden.

So den Augen aller Welt ausgesetzt, wie in unserer Zeit, war die Kirche wohl niemals; man studirt ihre Vergangenheit, durchblättert ihre Geschichte, prüft ihre hierarchische Ordnung und ihre Wirksamkeit. Eine tiefgehende und unabläßige Bewegung gibt sich auf dem gesammten Gebiete des menschlichen Denkens und Forschens kund, und diese wird, wir wollen und können es nicht bezweifeln, die Menschen zur Erkenntniß und Anerkennung der göttlichen und unvergänglichen Lebenskraft unserer heiligen Kirche führen.

Wir leben in einer ernsten Zeit, alle Völker sind in Erwartung großer Ereignisse; bei der allgemeinen Unzufriedenheit und den fortwährenden revolutionären Gährungen suchen sie nach dem geheimnißvollen Mittel, ihrer Ruhe und Sicherheit eine feste

Grundlage, und dem Wandel der Zustände und Ereignisse das wünschbare und allbefriedigende Ziel zu setzen; und dieses Mittel glauben sie gefunden zu haben — in ihrer Lostrennung von dem Lebenselemente des Uebernatürlichen, Ueberweltlichen — in ihrer Lostrennung von Christus und seiner Kirche! Die Neuerer und Weltverbesserer unserer Tage meinen, die Kirche setze den sozialen Hoffnungen und Bestrebungen einen Damm entgegen; sie geben sich dem kolossalen Wahne hin, in ihre Hand sei es gegeben, eine neue Zeit, eine neue Welt zu schaffen; einem leeren Traumgebilde jagen sie nach — die Freiheit wollen sie gewinnen durch die Verachtung und Wegwerfung aller Religion, die Ordnung und den Frieden herstellen durch fortwährende Revolutionen, die Gerechtigkeit in Flor bringen durch die flagrantesten Rechtsverletzungen, die Solidarität des Menschengeschlechtes für alle Zeiten fest gründen durch künstlich geschaffene Nationalitäten.

Seien sie wohlmeinende Träumer und phantastische Schwindler oder dann Männer des Umsturzes mit Ueberlegung und Absicht, gleichviel, sie haben zur Stunde noch kein anderes Ziel erreicht, als alle Begriffe zu verwirren und jene Brüderlichkeit in's Leben zu rufen, die nach Rache und Blut lechzend das Signal zu fürchterlichen Feldschlachten und sozialistischen Straßenkämpfen gibt.

Dabei läßt es sich gleichwohl nicht verkennen, ein dem Evangelium entströmender Lebenshauch geht durch alle Bewegungen unserer Zeit dahin; die Hand der Vorsehung macht sich mehr und mehr sichtbar in den Vorbereitungen zur Wiederherstellung der Christenheit, jener großen Völkerfamilie unter dem milden Scepter des Evangeliums. Wir dürfen und können nicht an der Zukunft Europa's verzweifeln; das Gefühl und Bewußtsein von der Würde des Menschen ist unter allen Volksklassen in Zunahme begriffen; die Arbeit und deren Ergebnisse werden allüberall gefeiert; die entferntesten Nationen nähern sich einander, durchdringen einander und vereinigen ihre Landeserzeugnisse, Arbeits- und Kunstschätze auf dem Weltmarkt und in den Weltausstellungen; die Kirche steht in Blüthe und vermehrt und verbreitet die Werke ihrer Liebe unter allen Himmelsstrichen. Das sind Anzeichen, daß die Zeit der Erndte nahet.

Halten wir uns bereit!

Es ist aller Christen Pflicht, den Muth nicht sinken zu lassen, ein männliches, kräftiges, starkmüthiges Christenthum an

den Tag zu legen, den Glauben zu beleben und seinen Auf=
schwung nicht hemmen zu lassen von der Lauheit, von der Ge=
mächlichkeit und Feigheit, damit er Geist und Wahrheit sei und
als solcher sich offenbare. Sie mögen bedenken, daß die christ=
liche Tugend in der Prüfung und Trübsal sich kräftiget und
bewährt; denn im Leiden erfährt der Christ am allerbesten, daß
alle seine Kraft in der Hinopferung seiner selbst besteht, und
daß, wer die Welt erobern will, der Welt entsagen und sich
selbst verläugnen muß. Als den Aeltesten, den Magistraten,
der vom Feinde hartbedrängten Stadt Bethulia bereits der Muth
entsunken war, sprach ein in unsern heiligen Schriften oft geprie=
senes Weib zu ihnen (Judith 8, 21. 23): „Männer! richtet
euere Herzen auf. Gedenket, daß Alle, die Gott ge=
fällig waren, durch viele Trübsal gegangen und treu
geblieben sind." — Geliebteste Brüder, wir schließen unsere
Ansprache mit zwei gewichtigen, friedlichen und trostreichen Worten
zugleich. Das eine wurde unter Blitz und Donner vom rau=
chenden Sinai herab verkündet (II. Mos. 19; 20); das andere
entfloß dem Herzen und den Lippen unseres Erlösers auf den
Hügeln von Judäa (Matth. 6, 33). Würden diese zwei Worte
von den Gesetzgebern und von den Völkern ernst erwogen und
von der Menschheit herzhaft und vertrauensvoll im Leben geübt,
so würden sie auch der ganzen Welt Eintracht, Frieden und
Freude bringen. Das menschliche Geschlecht würde sich nicht
mehr entehren, sich selbst aufreiben und zu Grunde richten; auf
den Trümmern der Selbstsucht müßte sich bald die Stadt Gottes
erheben, jene Stadt allgemein waltender Gerechtigkeit und Liebe,
nach der alle Völker sich sehnen. So höret denn und verstehet
und befolget die zwei Worte:

„Gedenke, daß du den Sabbat heiligest, der mir
geweihet ist."

„Suchet also zuerst das Reich Gottes und dessen
Gerechtigkeit, und das Uebrige wird euch hinzuge=
geben werden."

Gegeben in Genf, den 5. Februar 1869, an der Octave des Festes
des heiligen Franz von Sales.

Caspar,
Bischof von Hebron, Auxiliär=Bischof von Genf.